Enzo Siciliano

La principessa e l'antiquario

Arnoldo Mondadori Editore

I edizione Oscar Scrittori del Novecento aprile1998

ISBN 88-04-44837-7

Questo volume è stato stampato
presso Arnoldo Mondadori Editore S.p.A.
Stabilimento Nuova Stampa – Cles (TN)
Stampato in Italia – Printed in Italy

Il nostro indirizzo Internet è:
http://www.mondadori.com/libri

La principessa e l'antiquario

Mere dreams, mere dreams!
W.B. Yeats
(da *Meditations in Time of Civil Wars*)

I

Ero giovane, avevo vent'anni: ero stato travolto da una di quelle improvvise passioni nelle quali, appunto quando si è giovani, ci si getta interi, dimenticando tutto quanto, fino ad allora, può averci rapito.

Dimenticai l'amore: – dimenticai la musica, che pure, in quei vent'anni, era presso il mio cuore la passione suprema.

La passione nuova fu antiquariale: non so come altro chiamarla. Forse era storica. Fu comunque una creativa e astratta forma di amore nella quale mi trovai coinvolto quasi a mia insaputa.

I miei studi mi portarono a frequentare l'Archivio Capitolino.

L'aria solenne del luogo, una luminosità imponderabile che dava in un color miele profondo, il silenzio rotto appena da un lontano frusciare di passi, l'inebriante odore di rancido che i credenzoni affollati di volumi sprigionavano: – tutto questo fu ragione di uno stordimento, al quale ebbi il desiderio di sottrarmi. Sostai, una mattina, nel vano di una finestra, fissando il vuoto oltre i vetri, quasi a bere la luce del giorno: provavo il bruciare di una ferita.

Dicono sia tale il trasalimento che suscita il colpo di fulmine: – una spossatezza delle fibre vitali, un cadere in deliquio, la certezza che si stia per dare un addio a tutto ciò che ci è più caro e ci conforta nell'esistenza, l'annuncio di una piccola morte.

Eppure, accanto a questo, il cosidetto colpo di fulmine insinua in noi il sospetto che diversa energia ci abbia rapiti, e che, morti per un momento a ciò che è consueto, guadagniamo altra vita, in una zona tutta ignota, dalla quale ci arriva il suono lieto di una accoglienza inattesa.

Dunque: lasciai il vano della finestra e tornai verso il luogo dove avevo provato il bruciare della ferita nuova.

Un credenzone ad angolo verso il quale ero stato indirizzato dal custode: – i volumi legati in pergamena, addossati gli uni sugli altri, alcuni stretti da nastri sfilacciati, le sovracoperte increspate di polvere, le superfici percorse da raggiere brunissime fra le quali si dilatavano incerti crateri color avorio.

Libri mastri di artigiani, diari di zitelle, calepini di notai, appunti e lettere di uomini il cui nome e la cui devozione alla cultura e agli studi si erano persi dentro la cenere della storia. La vita perduta, insomma.

L'idea di una vita perduta.

Si può amare di una passione ardentissima e inevasibile ciò che è incenerito, ciò che è tumulato, ed è senza volto?

Nonostante fossero sapientemente conservati, dietro griglie leggere come merletti di ragno, quei volumi, quei ternioni, quei quaterni, o certi fascicoletti chiusi in custodie di velluto sfioccato dalle tarme, erano senza dubbio sepolti in tomba, – fosse pure una metaforica tomba.

Perché risuscitarli?

Non avevo a questi interrogativi risposte chiare e

decenti. La mia infatuazione mi impediva di ragionare. Non riflettevo su ciò che compivo. Dovevo agire: – cioè, mettermi a leggere. Null'altro.

Veniva dalla credenza un profumo di indefinita malattia. Era il profumo nel quale si coagulava l'aspirazione alla vita di un nutrito manipolo di persone.

Costoro avevano avuto per eletto desiderio quello di non sentirsi cacciati nel nulla. Avevano intinto la propria penna d'oca negli inchiostri indelebili della memoria.

Mi chiedevo: nella memoria di chi?

Stavolta mi risposi: la mia memoria andava a servizio presso di loro.

Passarono i giorni. Il mio obbligo di studio si era dissolto nella passione nuova. I miei progetti non avevano più nome o indirizzo. Compitavo pagine deteriorate dal protossido di ferro degli antichi inchiostri.

Frasi evanescenti, parole tronche: i tarli avevano cifrato sugli spessi fogli tirati a mano geografie sconosciute.

Chi, in verità, si era affidato ai recuperi della memoria futura – colui che aveva scritto casualmente un regesto notarile, anche un avaro giornale di bordo della propria giornata, o colui che si era fatto premura di raccogliere quelle carte al fine di serbarle a futuro ricordo nei credenzoni che erano aperti davanti a me?

La mia infatuazione era frutto di ingenuità, certamente. Ma era un'ingenuità generosa, alla quale, tutto sommato, non valeva la pena sottrarmi, e dalla quale ricavavo motivo di godimento, quel dolce patire che suscita in noi la lettura.

«A dì 7 settembre fu una pioggia straordinaria, et tempestosa con molti tuoni et vento.»

«A dì 9 di Novembre giorno della Dedicatione della Basilica del Salvatore. Le Compagnie in S. Giovanni Laterano fecero questione et vi fu morto uno, et furno sette feriti malamente, et bisognò ribenedire la Chiesa.»

L'Archivio raccoglieva carte romane, secolo diciassettesimo, secolo diciottesimo e oltre, cartigli di ignoti cronisti, paginette tinte di colori smorti dove con affascinante imperizia erano illustrate scene di vita cittadina: le processioni del giorno del Rosario, i cortei in piazza Navona, persino le seicentesche razzie di uomini (di "artisti", cioè artigiani, e di "vignaroli") che gli spagnoli, protetti dal favore di Innocenzo X Pamphili, compivano allo scopo di procacciarsi volontari di guerra (si fa per dire "volontari"...).

La continuità non storica, ma fisiologica, della vita cittadina: – quelle parole, quei segni tracciati su carta, testimoniavano volti, voci, corpi spariti: davano vita alla polvere dei morti.

Vi furono momenti nei quali ebbi timore della mia nuova passione, – che mi sembrava avvolta in funebri sudari.

Accadeva invece che essa mi trascinasse a brividi per una vita rinnovata, quando scoprivo dettagli di esistenze passate, i più stravaganti, i più illuminanti per la fantasia.

«Una Donna in Borgo Partorì una Creatura morta, la quale pareva un porco con la testa di Demonio con le corna, et li occhi in fuora grossi come ova brutto, et spaventoso. Il marito di quella Donna, havendo ciò visto, se ne fuggì via, forsi temendo di essere castigato, perché era tristo, et molte volte haveva detto alla moglie mentre era gravida; quando partorirai questo Diavolo?»

Accadeva che le interpunzioni incerte, le virgole mal situate, le maiuscole casuali, mi commuovessero di più che non la sicurezza dello stile.

Procedevo a casaccio, raccoglievo appunti, copiavo, di tutto ignorando il fine.

«Al primo di Agosto si levò voce, che una Imagine della Madonna nella Chiesa di S. Stefano alle Carrozze vicino a Scola greca faceva miracoli, vi cominciò a concorrere il Popolo in gran numero, et vi furono portati molti voti, et condotti molti spiritati. Ma alli 23 di Agosto vi arrivò il Vicegerente che la fece chiudere con molto turbamento generale, et li spiritati seguitarono ad andarvi.»

Venne il miracolo anche per me. Non andai più rapsodicamente di carta in carta. La mia attenzione fu coinvolta da un pacchetto di fogli legato da uno spago: fogli volanti, molto tarlati, spesso cancellati da gore d'umido.

Il pacchetto era gettato in un angolo del credenzone, messo a far da supporto a un ternione sgangherato. Il legaccio che lo teneva insieme era così serrato che feci fatica a scioglierlo. Non v'era etichetta incollata sopra: non era perciò catalogato.

Alcuni fogli erano dettati in un italiano tutto da restaurare; altri in un latino sconnesso, macheronico; altri in un tedesco che mi parve scorrevole. La grafia era minuta, sottile, talvolta indecifrabile.

Rubai quel pacchetto. Lo misi in una tasca del mio impermeabile: la gonfiava un po'. Uscii dall'Archivio tenendo con trascuratezza il soprabito raccolto sotto un braccio, e nell'altro la mia borsa d'appunti. L'archivista mi conosceva, ormai. Mi salutò con un cenno del capo. Lasciai sul piano della sua scrivania la chiave del credenzone cui lavoravo, e me ne andai.

Dapprincipio, quando mi ero trovato quelle carte fra le mani, ero stato preso dalla curiosità: avevo pensato di rivolgermi proprio all'archivista per domandargli cosa contenesse il pacchetto, perché non portasse segni di catalogo, etichetta o altro.

Ma questo pensiero si eclissò nel gesto: infilare il tutto nella tasca dell'impermeabile e uscire.

Uscii, e, una volta a casa, sistemai i fogli sul piano della scrivania. Dopo averli scorsi, mi preoccupai di copiarli, di tradurre in italiano il tedesco che vi appariva: mesi di lavoro.

Ciò non mi impedì di tornare all'Archivio, dove riuscii a mettere ordine alla mia intrapresa ricerca.

Una mattina chiesi all'archivista: – «Avevo visto un pacchetto che reggeva su...». E indicai il ternione adesso sbilenco.

L'uomo – piccolo, pallidissimo, gli occhiali cerchiati di ferro, un tremito perenne all'angolo sinistro della bocca – mi guardò interrogativo, strinse le palpebre, si accostò agli sportelli spalancati, infilò la mano sottile tra i volumi con fare di topo. Poi disse: – «Che pacchetto? Non so».

Risposi: – «Mi sembrava».

L'ometto si raschiò la gola, fece una giravolta su se stesso, e se ne andò come infastidito. Tornai al mio tavolo, col mio piccolo questionabile alibi riposto nella mente.

Il miracolo. Il miracolo fu che trascrissi quanto sto qui per riscrivere. Tale mi parve: – un miracolo di cui vorrei sciogliere, sia pure in parte, l'enigma. Un miracolo che saldò, per allora almeno, la mia passione, o che assorbì il momentaneo colpo di fulmine dal quale ero stato colpito.

II

20 aprile

Eccellenza, il mio saluto devoto. Inutile narrarvi la peripezia del viaggio. Il rischio dei briganti, le contumelie ricevute in locande fetide come ricovero di porci. Ma, quale divino mangiare! Certe carni bruciate alla brace, e fagioli, tutto condito alla brava, – tanto che io mi auguravo potervi avere lì con me, sul momento.

Ricordavo certi comuni discorsi, certe vostre memorie d'Italia di cui avevo apprezzato il garbo rievocativo. Arrivato in quelle bettole toscane, ho capito quanto nelle vostre parole non vi fosse simulazione. Ricordai anche certi vostri sguardi, ficcati indietro (direi) nel tempo, e certa vostra succulenza salivale. Sottile complessità delle forme in cui si esprime la memoria! – quel vostro rinnovato godere non era soltanto per bontà di cibo. Permettetemi, conoscendovi un po': – voi godevate ancora, ne sono certo, al ricordo di altro cibo, cioè per qualche incontro con maschio toscano. Ne ho visto alcuni, asciutti e anneriti come tizzi d'Inferno, dei quali avrete di sicuro fatto raccolto.

Perdono, Eccellenza, di questa mia insinuazione: ma se la vostra compiacenza è tale oggi – e gli anni l'hanno certo arricchita, se non placata, – cosa doveva essere ieri, nella freschezza dell'età, quando si vive senza provare remora all'esperienza?

Ricordo mi dicevate che il bruno, l'uomo bruno, vi dà caldo alla pelle: fra tanti bruni dovevate essere un tizzone infiammato nella bianchezza delle vostre carni. Ahimè! voi mi sapete per giovane e dolente. Ma l'arrivo a Roma mi ha dato vita, e la prova che la gioventù non è soltanto languore dello spirito.

Era una giornata ventosa, con nuvole che correvano per un cielo tanto diverso da quello largo e basso che è steso sulla pianura del nostro ducato. Questo è un cielo profondo, dentro il quale, oltre la porta del Popolo, andavano a pigiarsi due mammelle di negra, le cupole delle chiese gemelle all'uscita del Corso, la strada che voi, mi diceste, conoscete così bene.

C'era, nella piazza, fango di pioggia recente: canti strampalati uscivano dalle bocche di certi omazzi stesi sui gradini dell'obelisco messo a regola delle tre strade che vi convergono (sapete? il Babbuino, dicono, e Ripetta, senza contare il Corso). Ebbene, su quella piazza c'era uno strepito che mi felicitava, e quando mi avvicinò una sorta di coboldo guercio, ma ridente, a offrirmi una locanda di là a due passi, dissi subito sì, e mi trovai, qualche momento dopo, in una soffitta che puzzava orrendamente di gatta. Con le mie borse mi scaraventai giù per le scale e senza dire nulla, col guercio che mi vociava dietro, raggiunsi una pulita locanda alle Carrozze che mi era stata raccomandata da un giovane di ottime maniere e di splendida figura conosciuto a Firenze.

La mia stanza guarda nella stanza di una attrice, nata a Milano dicono, la quale tutto il giorno cura su un terrazzino alcune piante di garofano e di geranio, o fa moine clamorose a un cane carlino di cui ancora non ho compreso il nome. Vuole dipingerlo – ha con sé, in continuo, gli strumenti del dipingere, una tavolozza, un cavalletto, – ma il carlino, ovviamente, non resiste alla posa. Ne vengono grandi liti: strilli in rito ambrosiano, e abbaiamenti prolungati.

Di sotto, poi, incontro talvolta una dama che pare avvolta da una impalpabile organza dorata: mi dicono collezioni giade e corniole. Dovrò appurare. È donna silenziosa: gli occhi viola, un pallido sorriso.

Quanto all'ufficio da voi affidatomi, per ora mi tengo ai primi comandi: non me ne preoccupo. Vivo e guardo. Vivo a un passo da una caffetteria tenuta da una coppia di greci: vi si beve anche una cioccolata densa e caldissima, ma vi si sentono anche gran discorsi d'arte e di antichità. Roma, naturalmente...

2 maggio

Eccellenza, proprio ieri mi arrivò la vostra graziosissima con il rotolo di denaro in salvo. Grazie. Chi manca di precauzione è minchionato: ricordo belle le vostre parole. Vi conforti la certezza di non essere stato minchionato dai corrieri.

Vengo alle notizie. Alla caffetteria greca si parla sempre di cose antiquarie e vi si istruiscono mirabili procedimenti di scambio; ma si parla anche di vita cittadina.

Le notizie francesi sono sofferte e discusse con affanno da alcuni. Molti altri le accolgono con piacere e occhi luccicanti. I giovani, in specie, volano con la fantasia verso un futuro non so perché radioso. Anch'io, lo devo confessare, e spero che la cosa non vi colpisca negativamente, sono coinvolto in un simile godimento; ma se su esso mi trovo a ragionare, e tento comprenderne i motivi e la portata, resto come stordito.

Al caffè, talvolta, si discute coi libri alla mano: è molto citato *L'Esprit de lois*. Ma io non so partecipare di tali discussioni. Capisco i bisogni che possono nascere da contingenze di vita; capisco meno l'enfasi con cui si tenta sottolineare questa o quella affermazione di uno studioso.

Sto cercando procurarmi un'abitazione. I vostri consigli si rivelano ogni giorno più preziosi.

Vi ho parlato dell'attrice milanese. È la signora Costanza Carrugati: – graziosa vi ho detto, e molto pettegola. Mi chiede, quando può, da una finestra all'altra, chi sono. Rispondo: «Un viaggiatore». E lei: «Come se io potessi credervi!».

Le ho mostrato qualche disegno di viaggio. Mi è riuscita molto bene una veduta lucchese, un ponte a schiena d'asino che scavalca il Serchio, con un gregge di pecore che scende a riva per abbeverarsi. Sono stato costretto a donargliela. Lei in cambio mi ha donato uno di quei suoi incredibili ritratti di cane, del suo carlino, cui giustappone sulle zampe scarpini di scena con un gusto a dir poco bizzarro.

Dice: «Mi piace indemoniare le cose. Ma tu non sei un viaggiatore». Piccola e delicata, ha una strana voce profonda, capace anche di leggeri accenti piccanti.

L'altra signora, invece, che vi descrissi come sempre avvolta da una misteriosa aureola di luce, si limita tuttora a sorridermi in risposta ai miei saluti. È riservata: i miei passi con lei non vanno più in là.

Devo comunque pensare a un alloggio. Questa locanda è un luogo di passeggeri, i quali fanno commercio di tutto, e tutto sono disposti ad acquistare: finanche gli uomini e le ragazze. Intuisco traffici loschi; ho intravisto gesti brutali, ma anche candidi.

Sono via via sempre sorpreso dal fatto che questi romani parlano porgendo le parole sulle labbra. Arricciano la bocca, quasi volessero visibilmente schizzare vocali e consonanti. Parlare è per loro una forma di indiscrezione: la stessa tenerezza di cui sono dotati è un modo dell'ira. Ma l'ira loro, alla fine, già tiepida sul nascere, mi pare senza costrutto, e terrorizza per il fatto d'essere così esibita. Ciò non toglie che si sentano spessissimo narrare avvenimenti di sangue, giochi di coltello, liti che hanno per conclusione il cimitero: sono giochi, dico così, cui partecipano le donne con strana disinvoltura.

È una settimana che piove, scrosci d'acqua improvvisi, e improvvise, fastidiose ventate fredde. C'è una inclemenza nel clima romano del tutto diversa da quella cui ero abituato.

Ancora non mi sono fatto vivo col nostro Legato. Voglio arrivare a lui pian piano, come per caso, scivolando in questa gran vasca che è Roma. Il mio saluto devoto.

Nota ricavata dal "diario'

Così come l'ho vista ritratta in un cammeo, la principessa Marianne ha il viso fine, due pinne di narici che paiono ali leggere, un piccolo neo segnato in cima al collo, sotto l'orecchio sinistro, dove il lobo si diparte dall'alto della guancia. Gli occhi vivaci, piccoli, una bocca che inclina al sorriso senza cedervi: e un'ombra di malinconia dolorosa, come di chi ha visto molto, ma l'ha visto in sogno.

Le sopracciglia incorniciano la base della fronte con due archi equilibratissimi: non sono ritoccate da trucco, così pare. E la fronte è ampia, ma tradisce alterezza. La gota accompagna un tal sentimento, rilevata in alto, alla base dell'occhio, e scavata accanto alla bocca per un tremito lieve. Collo assottigliato, mite.

Costei ho per compito ricercare.

7 maggio

Illust.ma Eccellenza, la vostra giuntami da Dresda mi fa capire che non avete ricevuto da me altro biglietto. Le cose che vi sono dette non mi lasciano dubitare dell'affetto che nutrite per me. La stessa vostra asprezza mi consola. Sono qui a Roma anche per avanzare nei miei studi. Il bel tempo mi ha concesso di salire al Campidoglio e passeggiare, per far confronti, fra i sassi del Palatino: ho visitato, e ne sono invaghito, lo stadio detto di Domiziano. Ma la vera vita antiquariale si svolge fra chi si ritiene erede del compianto cardinale Alessandro, il quale, a undici anni dalla morte, è ancora degno di parole tutt'altro che d'occasione quaggiù.

Mi dite che vivo una vita da garzone. Può essere vero. Ma la mia condotta intende essere anche simulatrice. D'altronde.

Voglio narrarvi un episodio che per un verso può rischiare d'accrescere in voi la riprovazione verso me; ma vi spiegherà anche con quali titubanze e in quale penosa all'erta io viva.

L'altro ieri, un bel pomeriggio sereno, con l'aria che trasudava un nuovo e dolce calore, con fare disinvolto, come per un gesto di noia, l'attrice milanese mia dirimpettaia, seduta al suo balcone, si sciolse il corsetto e mi mostrò il seno. I capezzoli erano due chiarissime mammole. Il gesto fu improvviso, ma di una singolare naturalezza. Se fossi assai più ignorante di quel che sono, avrei pensato che tali sono i costumi delle donne a Roma; ma so che così non è, e capii che quella era una elargizione dedicata a me soltanto.

La ragazza attendeva una risposta: era chiaro. Pensai che l'unica risposta adatta fosse aprirmi le brache con la medesima noncuranza con la guale ella si era liberata il petto dai lacci. Così feci.

Quando mi trovai con il ventre a nudo, nulla in me ribollì, e non ebbi che da mostrare il mio pelo molle. Voi sapete che questa non è mia abitudine. Ma qui a Roma vivo intimorito.

Non ho nulla da nascondere. Sono bene impresse in me le parole che mi diceste nell'occasione di offrirmi il viaggio: sono un giovane di studio con nessun altro compito che lo studio. Se in questa città desidero incontrare la figlia di vostra illustrissima Eccellenza, il desiderio discende dai legami di devozione che mi stringono a voi. Dunque: posso incontrare vostra figlia, il principe suo marito romano, eccetera. Tutto ciò può apparire naturale e ovvio agli occhi dei più. Ma non ai miei: io so – hèlas, Eccellenza! – di essere qui soltanto per raccogliere notizie della principessa vostra figliola, e che i miei studi, realissimi e per me unici, sono il velo, o l'occasione fortuita di un viaggio che alla sostanza ha altro scopo...

Provo, al fondo, una certa pena verso me stesso. Mi chiedo: sarò capace di assolvere all'impresa affidatami? Rifuggo dall'avere con chiunque rapporti che oltrepassino il convenevole. Non sono ancora riuscito ad abbandonarmi al nuovo soggiorno. Talché, a quella ragazza non potei mostrare altro che un'arma disarmata. La ragazza rise, e mi sbatté in faccia i vetri della sua finestra.

[*senza data*]

... perduti gli zecchini non mi restava che lasciare la casa, e questo avrei fatto se non mi fossi sovvenuto che potevo ricavare aiuto da una donna. La Carrugati era là, l'avevo vista e salutata: corsi al suo tavolo e le chiesi se per caso non avesse avuto uno due spiccioli da offrirmi in prestito: avrei assolto al mio debito nel modo più onorevole e rapido, l'indomani stesso. Ho voglia di tentare ancora la sorte, le dissi: anche se era indubbia la mia sfortuna.

Nella stanza c'era un forte odore di sego, le candele gettavano una luce rancida su tutti noi, c'era un grande calore: la fronte della Carrugati portava sull'orlo della parrucca una leggera coroncina di stille di sudore; sotto la cipria sembravano perle. Ero ansioso. La ragazza mi guardava con un sorriso incredulo. «Moneta?» mi disse.

Da attrice misurava la propria voce, sussurrava. Al suo tavolo il tarocco procedeva, ma nessuno badava a noi. Lei continuava a fissarmi, e ricordo che dalla sua bocca uscirono alcuni suoni incomprensibili. Con la sua mano stretta a pugno cercò la mia mano: vi lasciò scivolare due monete. Poi mormorò: «Via, via. Torna là».

Nel suo sguardo colsi un'intenzione. Accennava col capo all'altra stanza, certamente al mio tavolo. C'era amicizia in lei, addirittura il brivido di una intesa segreta. Fui colpito da quella mimica. Ebbi timore che ella sapesse, e sapesse tutto di me, anche il perché non volessi abbandonare la bisca.

Ciononostante, tornai al tavolo, alla mia sedia azzoppata. Feci giocare le monete tra le dita e mi guardai attorno.

Il mio vicino, lui, dico lui!, a quel punto mi scrutò con un ghigno: «Sei cavaliere? Cosa sei? Qui siamo tutti servi. Eppure ti abbiamo spazzolato tutto». Disse così, proprio così: «spazzolato».

Risposi con un sorriso: «Non tutto»; e continuai a far tintinnare le due monete fra loro.

«Ma poi, perché parli di servi? Tu fai il cuoco a San Carlino: è un onore.» Balbettavo, ero visibilmente impacciato. L'altro rise, e disse: «Perché stasera mi sei venuto dietro ? Non sai giocare. Ti sei incollato a me come una piattola. Che cazzo vuoi?».

Era ubriaco anche: mi spinse con una mano contro il tavolo. Mi schioccò un bacio sulla gota, all'angolo della bocca, e affettuosamente, dico con vera affettuosità, mi borbottò quasi senza sciogliersi da me: «Va a ffa'n culo».

«San Carlino sta a fianco del palazzo Albani, vero?» Dissi questo annegando nell'imbarazzo. Giocai una moneta e giocai per un attimo me stesso.

Quel cuoco nerboruto, coi trent'anni che gli ingrossavano l'adipe, ma aveva ancora le mani fresche di un bambino, rideva ancora. Mi prese il mento fra il pollice e l'indice. Mi girò il viso verso la sua bocca. Aveva il fiato pregno di vino. Disse: «Ma che vuoi da me?». E gli venne un rutto che lo scosse tutto. Mi salvai così, tirandomi indietro quando già mi aveva preso una mano per portarsela Dio sa dove.

Giocai l'altra moneta, e la perdetti all'istante. Mi alzai dal tavolo e corsi via per la scala.

Ero arrivato nell'andito di strada, quando una risatina secca e sprezzante mi costrinse a fermarmi. Pur nel buio intravidi una forma umana, un luccicare di denti.

«Scappi?» Era il Carrugati.

Avevo tirato il battente del portone. Là fuori la notte era più chiara che all'interno. «Ti piace il cuoco dei frati di San Carlino?» La ragazza aveva l'aria di deridermi.

E dunque, Eccellenza illustre, andò così che sul momento, in quel vicolo scuro mi sentii in dovere di dare a Costanza una dimostrazione veloce, esauriente di quel che ero e di quel che potevo lestamente fare. Dovevo contraddire la penosa dimostrazione di fiacchezza offerta alla finestra tempo addietro; e dovevo contraddire le parole del cuoco, la sua funesta lascivia, provocata da me al fine di cavare notizie, comunque e da chiunque, della figliola vostra.

La ragazza mi lasciò fare senza più pronunciare verbo. Io mi muovevo con allegrezza, un po' per il gusto in sé, un po' per la felicità d'aver capito che l'intesa mostratami da lei al tavolo da gioco non alludeva a chissà quali scoperte sul mio conto, – ella semplicemente aveva pensato che fossi stato coinvolto da una passione socratica per quel cuoco, e su ciò ironizzava. Di questo equivoco non avevo ormai più nulla da temere.

19 maggio

Ho mentito, è vero. Ma non è vero che io stia spendendo il tempo in bische triviali. Andai quella sera alla spina dei Fienili seguendo la Carrugati. È vero che la Carrugati mi si è concessa fin dai primi giorni di mio soggiorno a Roma. Su tale questione ho taciuto con voi, Eccellenza illustrissima: ed è questa la mia sola menzogna. Altre menzogne non ho pronunciato. Non so cosa la vostra "casuale" informatrice vi abbia scritto. Alla caffetteria greca capita di presentarmi anche con la Carrugati, che è persona nota e a molti gradita. Ma, in questo, quale peccato?

Tale informatrice, però, che tanto bene conosce le vie di questa città stregata, perché non mostra conoscere quelle appropriate che porterebbero sulla cima di San Carlino, al palazzo degli eredi del reverendissimo cardinale Albani?

Con questo non dico di sciogliermi dall'impegno preso con voi, verso cui provo la più completa dedizione. Dico che la mia ricerca potrebbe valersi di aiuti, di conoscenze, o di approfondite competenze "romane", – laddove io mi sento smarrito in una oscura solitudine.

Se ho mentito – se ho taciuto il mio rapporto con la giovane attrice – è per pudore. Pensavo fosse piacevole per voi, conoscendo il vostro gusto, sapere di alcune avventure: – vi compiacete di sfiorare il mondo come fosse un inafferrabile velo. E, dunque, ho pensato sollecitarvi a tanto. Anche perché io stesso, qui, sono conquistato da una dolcissima magia. Non di più.

Ho trascorso all'aperto, fino ad alta notte, la serata di ieri. Dalla spina dei Fienili mi sono ritrovato sotto il Palatino: là una colonna bianca svettava sopra un cespuglio di oleandro fiorito. La luce della luna schiariva il colle e le cose. Posso dire che i sensi mi abbandonavano, – mi chiedevo quale vita potesse essere vissuta meglio sotto quel cielo, sotto quelle stelle. Mi sentivo invaso da una sostanza aleatoria, sottile: ero ubriacato, ma la mente era più che desta, quasi riuscissi a sollevarmi al di sopra di me.

Al tramonto, quando la luminosità del giorno era andata a morire, avevo visto volare in alto, su quella colonna, a ruota, grandi uccelli neri, falchi o corvi non so. Mi parvero presagio di un destino, ma non di un destino luttuoso. Il loro volo morbido, bilanciato, sicuro, parve volermi dire di arcane certezze naturali, e di una lungimiranza austera che presiede, a scorno dell'apparenza, questo luogo.

La bellezza costruita dalle mani degli uomini non

può non lasciar traccia sulla spontaneità dei processi di natura. La malvagità forse è spuma, la giustizia più diffuso e profondo sentimento. Tutto ciò per dirvi che la sparizione della figliola vostra probabilmente è dovuta a sublime occasione più che a un doloroso accidente. Non vi sembri tutto questo sciocca consolazione.

[*senza data*]

Eccellenza, dire che ho seguito il vostro consiglio è dire poco. Sono del tutto immerso nei miei studi, e con fortuna. Dapprincipio ebbi a deprecare la cattiva sorte. La signorina Carrugati mi ha abbandonato per un viaggio a Napoli: un viaggio d'arte, lei dice, sottintendendo si tratti d'una recita che la coinvolge alla presenza di Sua Maestà la Regina. In effetti, dopo avermi sottratto un rotolo di denaro, è fuggita con il ganzo da cui dipende e la cui presenza nella sua vita è faccenda ambigua e indecifrabile.

Rimasto solo, ho chiesto udienza al nostro Legato, il quale mi ha ricevuto con grazia squisita, e mi ha spedito da monsignor Passionei, ponente di Consulta, faccendiere di cose antiquarie, con bella biblioteca.

Anche monsignor Passionei mi ha ricevuto con grazia, e mi ha mostrato una bella collezione di sardoniche e corniole venate da cui sono rimasto abbagliato.

La casa di monsignore si trova alle spalle della piazza Navona. Una casa piccola, accostata a una viuzza che conduce al Campo dei Fiori. Sono rimasto là fino a notte, ebbi anche a condividere col devoto il suo pasto di formaggio e verdura. Quando uscii, dovetti farmi forza per i vicoli scuri. Era una sera di grida, di viva e di abbasso: gli svizzeri rincorrevano un gruppo di teste calde che maledivano a gran voce il breve del Papa col quale si condannavano i princìpi francesi, di libertà uguaglianza e fratellanza. Quegli svizzeri non badavano a chi passava: o botte, o rapido imprigionamento. Mi difesi parlando la nostra lingua, mostrai le mie carte: passai.

La congiuntura climatica è delle peggiori: burrasche improvvise, e vento afoso che mi lascia spesso prostrato in letto.

4 giugno

I corrieri vanno veloce, Eccellenza, – e io sono qui col vostro scritto tra le mani attonito e commosso. Commosso, perché la sollecitudine che mostrate non può non toccarmi il cuore. Attonito, perché mi sembra che voi siate sulla via di indovinare chissà quali miei pensieri segreti.

Mi dite che vi ho narrato con eccessive ellissi, nella passata lettera, grandi avventure. La mia fretta tradirebbe menzogna. L'attrice mi ha derubato e abbandonato. Non vi sono altri particolari sull'accaduto. Forse la mia reticenza l'ha stancata. Forse la volubilità e il ladrocinio sono i suoi modi di vita. Cosa rappresentava lei per me, – mi chiedete. Tutta la sua persona si raccoglieva ai miei occhi nelle mammole deposte sulla cima dei suoi seni. Nulla di più.

Negavo a lei ogni segreto, ogni confidenza: ella giocava con me con molte allusioni, e io la lasciavo dire. Il mio rammarico è che molto denaro sia corso via. Comunque, se tutto quanto ci tocca ha da costituire esperienza, io ho fatto esperienza di Roma unendomi occasionalmente a questa piccola donna.

Le sono grato della comunicativa allegrezza di cui era dotata, e per via della quale ho trascorso qualche lieta serata.

Quanto alle bische, il tarocco è un cruccio che qui domina ossessivo le menti più diverse, la gente di ogni risma. Vi prego di non darvi pena per me: mi sento guarito da ogni malvagio influsso. A proposito, grazie del nuovo rotolo di denaro che avete avuto la bontà di spedirmi.

Mi chiedete notizie del nostro Legato. In effetti egli mi ha sottoposto a domande stringenti. Mi ha chiesto se volessi frequentare una biblioteca e quale. Avrei voluto dire la biblioteca del defunto cardinale Alessandro, sempreché gli attuali abitanti dell'illustre palazzo Albani non l'abbiano dispersa. Vedendomi esitante, egli ha fatto il nome di monsignor Passionei.

Poi si è preoccupato del mio soggiorno. Il nostro reverendo Legato parla in italiano con più di un vezzo romanesco: dice lo fa per esercizio. Credo lo faccia per una idea di eleganza che mi sembra egli rincorra anche gesticolando vorticosamente con le dita mentre parla, – proprio come fanno molti uomini di qui, anche i meno caldi di testa.

Dicevo delle sue preoccupazioni per il mio soggiorno: mi ha consigliato di abbandonare la locanda e di prendere casa e servitore. Anzi, mi ha presto mandato un ragazzo di qualche mese più vecchio di me che mi guarda con grandi occhi scuri e umidi e spiccica poche sillabe. Il suo nome è Antonio. Per ora mi spazzola la giubba e tiene in ordine il letto. Siamo in attesa, lui e io, che il Legato ci comunichi un indirizzo dove prendere alloggio. Ha parlato di una casa al Parione e, se ho ben compreso, alla via di Panìco.

Egli ha traffici di tal genere. Il mio Antonio dice, spezzando come può le parole, di star tranquillo. E io sono tranquillissimo. Sono andato per quella strada di Panìco: è un fitto di abitazioni non lontane dal fiume, di fronte alla mole del Castello. Oltre ponte ci sono vigne e ville. Preferirei una zona più dolcemente suburbana. Ho visto case addossate al colle Gianicolo, anche presso il fiume, che pare d'essere per campi: i pini vi fanno musica, e i lecci un'ombra folta. È la zona della Longara. C'è meno sporcizia che altrove, meno gente di coltello. Voi sapete, non amo le risse.

Del Passionei vi ho detto. Ma, certo, altro potrei dirvi, più oggi che allora. Lo vedo spesso, ed egli mi pare abbia a cuore la mia religiosità. Ho avuto con lui frequenti, elevate discussioni sulla trinità. Gli dicevo che per me il divino ha da essere intuitivamente semplice: e che l'essere tre e uno come comanda la religione cattolica è faccenda che mi lascia perplesso. Voi conoscete la mia opinione.

Ebbene, il Passionei mi risponde che bisogna credere senza ragionare, e che l'abbandono alla fede è un ristoro intenso e profondo. Egli parla con dolcezza, con parole sempre appropriate: sono preso dalle sue lusinghe, oppure dal suono che sa imprimere al suo discorso. Ciononostante le mie convinzioni non mi abbandonano.

Passionei sostiene che io sia ateo. «I più disgraziati degli uomini sono gli atei» aggiunge. E prosegue: «Dio ha fatto l'uomo a sua immagine e somiglianza, perché fra tutti gli esseri che ha creato vi fosse quello capace di rendere omaggio alla sua esistenza. Senza l'uomo, Dio non avrebbe alcun testimonio della propria gloria...». Lo interrompo e gli dico che sono convinto di questo. Ciò che non mi convince è la dottrina della trinità. Ma monsignor Passionei prosegue col dirmi che il fondamento della fede sta anche nell'assurdo, e nella confidenza che l'uomo ha con esso. Ma l'assurdo in cui per istinto credo ha diversa natura: è l'assurdo che tinge la vita quotidiana, là dove i nostri progetti sono infranti dal destino. Non è forse così anche per voi?

Vi dicevo all'inizio di questa mia che sono rimasto attonito dalla vostra sollecitudine verso di me. Voi dite di temere per le mie simpatie francesi. Sono simpatie semplicemente d'arte: i francesi di oggi, pur con i loro orrori, sognano un mondo antico, un mondo antico e nuovo. Essi sognano i romani, i romani che calcavano le pietre consumate del Foro che io stesso qui a Roma ho calcato come in sogno. Ma ho in odio il tumulto della piazza, e le grida feroci che lo accompagnano. Non temete per me, dunque.

Cercherò di mandarvi una piccola tempera, nella quale ho cercato restituire, nel disegno e nei colori, l'emozione che mi ha dato in una mattina calda di scirocco, la vista dell'arco di Severo. L'aria era colma di calore e polvere sollevata dal vento, le linee architettoniche vi si sfaldavano dentro: la luce stessa aveva preso la densità opalescente del marmo; o il marmo, quasi rapito dall'aria, si era fatto lieve e trasparente. Le figure scolpite levitarono. Io mi commossi. Nella tempera, cui ho lavorato giornate intere, tutto questo, forse, sarà stato tradito. Ma Antonio, che ha seguito la mia fatica col suo sguardo liquido, ha detto, una volta che mi ha visto tranquillo: «Sembra vi sia la neve su quella carta».

Un dolce saluto.

14 del mese in corso

Avete i vostri informatori. Lo so. Avete dimenticato di avermelo scritto. Di costoro non posso che ripetere quanto già ho detto: perché non vengono incontro alle mie fatiche? Perché non mi aiutano a salire a San Carlino, a penetrare nell'androne spoglio del palazzo, dove raramente entrano carrozze e che ha oggi volto sì abbandonato?

I vostri informatori vi dicono avermi visto assorto per ore, in silenzio, al campo Vaccino, non distratto da grida o altro. «Parve ammalato» vi hanno detto.

I miei occhi tentavano, e tentano, di scoprire la Roma antica sotto l'ombra di quella moderna. Vi sono qui tracce di distruzione e magnificenza che trapassano l'immaginazione di chiunque. L'illusione che il suolo sia sempre quello, sempre quelli i colli, stesse le mura e le colonne, persino nei volti degli abitanti, credo, sempre le stesse stimmate: – ebbene, tutto questo mi vince; si finisce con l'andare all'unisono con i grandi disegni del destino, muore il tempo.

Non credevo, finché ho vissuto sulle nostre bianche spiagge di continuo spolverate dal vento, che il tempo potesse sparire, così come qui sparisce, dalla nostra sensibilità. Quasi vivo nel timore d'essere contemporaneo alla Roma dell'antichità: ma questa Roma, che vedo viva negli occhi della mente, è insieme una tomba vastissima, dove il presente, il passato, tante diverse forme del passato, vanno a confondersi. Così, il tempo muore.

Qui, una stalla è pari a un arco trionfale, una reggia a un angiporto. Tutto ciò mi trascina in quegli stati malinconici che i vostri informatori hanno visto dipinti sul mio viso.

Proseguono le conversazioni con monsignor Passionei. Discutiamo sulla "ragione", *la raison*, gran parola, rubamazzo d'ogni concetto. Ho dovuto confessargli che non coltivo questo mito, da cui tanti miei sodali, e non solo sodali, sono rapiti. Coltivo l'abbandono a ciò che è naturale, semplice e complesso. Ed egli mi risponde, «Questi è Dio».

Non mi sento di consentire. Il carissimo Passionei incalza, «Voi fate questioni di gusto». Gli rispondo che egli è assai più razionalista di me.

Ma voglio narrarvi di quella giovane donna che mi appare talvolta alonata di una impalpabile organza d'oro. Sono riuscito a parlarle. Ero seduto sull'orlo della fontana di piazza di Spagna. Un pomeriggio di caldo, nel quale il sole sembrava essersi ispessito per ore e ore sul nostro capo, e in aria era rimasto qualcosa che bruciava pur nell'illanguidirsi della luce. Ebbene, ero là, e lo scorrere dell'acqua sollecitava sensi di frescura alla mia fantasia. Una fioraia vendeva mazzi di calendole d'un colore arancio così denso da parere di bracia. Guardavo quei fiori fissamente. All'improvviso, sgusciata davanti a me, tra la folla della piazza, vidi la giovane donna. Sorrideva.

Seppi in appresso che il suo nome è Angela. Angela sorrideva come un angelo. Mi disse: «Correte molte avventure?».

Sembravano parole che appartenessero a un discorso da noi due a lungo condiviso. Le risposi, «So che nutrite una passione antiquaria». «Chi non la nutre?» fu la risposta.

Poi parlammo di corniole. Ma la sua maestria si rivelò sui metalli. Ha una voce trepida, argentina: una risata tenue, leggera. Parlava delle virtù mistiche del rame, il rame che spande luce se vi si versa sopra l'aceto. «Il rame spande sempre luce» osservai.

«Innocente» mi dice con una esclamazione; e proseguì: «La luce di cui parlo è quella che farebbe guadagnare alla vostra vista ineffabili proprietà».

«E quali?» domando. «Quelle che sarebbero utili a sciogliere i vostri enigmi.» «I miei enigmi?» «Vi osservo: voi passate da un turbamento all'altro. La vostra permanenza qui non è chiara a voi stesso...»

[*senza data*]

Siete adirato. Le gonnelle mi catturano quel tanto che è giusto mi catturino. Anche monsignor Passionei sostiene che i sensi non vanno offesi, quanto tenuti a bada. Credo di tenere a bada i miei.

Di Angela so dirvi pochissimo. Ho la certezza che ella sa di me tutto. Mi punzecchia; mi si rivolge con forme inesplicabili di rivalità. Qualche giorno addietro ha voluto condurmi con sé da un amico pittore che ha studio nella strada di Margutta. Ho visto là un cartone degno della più viva attenzione: un uomo rappresentato nella duplice immagine di domatore di cavalli e di sovrano del cielo, una sorta di membruto Apollo. La composizione è di una straordinaria semplicità e bellezza: ho detto che riprodotta in un grande quadro a olio avrebbe suscitato echi di stupore nel pubblico e una grande impressione. Il pittore era lusingato dalle mie parole. Angela mi ha sussurrato, invece: «Provate voi a far qualcosa di simile».

L'ho guardata stupefatto; e lei ha proseguito: «Dite cose generiche. Provate invece a riprodurre la forza del corpo, a scoprire attraverso il disegno la scintilla divina che si nasconde nei muscoli umani...».

Il pittore la udì ed esaltò la passione che in lui scatenava il lavoro col modello vivo innanzi agli occhi. «Una gara» diceva «fra il mio artigianato e la violenza che la natura esprime nella carne, in un ciuffo di capelli...» Parlando, la fronte gli si imperlò di sudore. Mi parve di scoprire in Angela, a quel punto, un tremor frenetico.

[*ancora senza data*]

Ella si compiace di immaginazioni astrali. Mi sussurra talvolta cose a me incomprensibili sui cavalieri di Rosa-Croce. Mi parla della Fama che fugge e vola, mi parla di una dolce Confraternita in cui le pene sono reciprocamente alleviate, e di altro. Misteri, misteri, che mi sembrano appartenere alle oscure prigioni del passato. Mi parla di paradisiache regine che hanno biblici nomi, – Semiramìs... Poi mi mostra una polvere d'oro, e dice: «Serve per l'offerta ai sette pianeti». Si stringe sul cuore un grosso crisolito giallo che a me sembra tutt'altro che prezioso, ed è felice.

È folle. Chiede di potermi contemplare nudo, non mi tocca, dice che ho il sole sul ventre, e che la galassia mi piove per le gambe: null'altro.

Quanto a me, pur seguitando a sperare, da questi incontri ricavo crucci immensi, spasimi atroci nel profondo delle viscere. Non soddisfatte, queste povere viscere mie, si torcono, dolgono: ed io con furia, solitario, sono costretto, quasi vergognandomi, a dare loro lo sfogo utile. I succhi del mio cervello, piovuti in basso, premono per fuoriuscire: devo aiutarli con le mani. Altro che Confraternita rosacrociana! Altro che dolcezze planetarie!

Talvolta la sorprendo in casa ad armeggiare con squadre e compassi su pergamene su cui sono impronte di ambigui trascorsi. Mi prega, infurentita, di allontanarmi con gli sguardi dal suo tavolo. Obbedisco. La sento riporre ogni cosa: poi mi si avvicina col suo angelico sorriso.

Ogni volta che ho tentato abbracciarla me ne sono venuti quattro schiaffi sulle gote.

Nella penuria di godimenti, ho goduto anche di quelli: il bruciore che avvertivo sull'epidermide era balsamo ad altri ardori.

E così, in tali contingenze, trascorro queste giornate ultime – che sono gravate da un clima oleoso, percorse da infocati venti meridionali. Le membra sono stremate, il cuore mi sale di frequente nella gola; e basta sollevare un braccio, per qualunque gesto, che i pori traspirano abbondantemente e la pelle maleodora.

Il mio servo, caro ragazzo!, mi bagna la fronte con acqua e aceto. Sostiene d'aver visto altri uomini del nord (così ci chiama!) cadere svenuti per lo scirocco più e più volte nel voltare di un'ora: e aggiunge che l'unico rimedio è quello, l'aceto con l'acqua. Me ne fa odorare la pezzuola, ed io ne resto stranito. L'odore dell'aceto si fissa a perseguitarmi le narici.

... Oh, sì! il palazzo a San Carlino, alle Quattro Fontane. Anche monsignor Passionei me ne parla talvolta. Ma sto vivendo ore di stordimento. Sono immagato da Angela. Ma quale altra libertà posso sperare? Talvolta incontro ufficialetti azzimati e arricciati come si conviene per le strade qui intorno: frequentano la caffetteria greca, fanno i galanti con le ragazze che passano, per ognuna hanno parole piccanti. La loro energia mi fa spasimare: penso alla mia energia. Ma tutto è spento, tutto mi par decaduto. Quale la cagione di tutto questo?

Non che io non sia testardo, Vostra Grazia. Sono passato più volte innanzi al palazzo che sapete, ne ho spiato lo stato di arcano abbandono: quindi me ne sono allontanato.

Ne sono tenuto lontano da un pensiero o piuttosto da un sentimento di intensa esitazione. Non mi tiene dal varcarne la soglia il brivido della paura: per me, per la mia persona, so benissimo di non aver niente da temere. Ma il presentimento penoso mi assilla, – e non so dirvi con precisione cosa sia.

Comprendo che voi state dubitando di me. Quando mi dite che vi sembro caduto in letargo come una serpe d'inverno, le vostre parole tradiscono irritazione. Una serpe: – la serpe porta con sé idee di tradimento, di inconsulta malvagità.

Vi prego credermi: nel cuore non c'è posto per tradimenti. Non tradirò la consegna cui mi avete legato. La mia gratitudine verso voi non è morta. So che devo, non per astratto debito, ma per riconoscenza, contraccambiarla. E il contraccambio consiste nel varcare quella soglia che pure mi allontana.

Ma voglio raccontarvi di un colloquio avuto con quella donna graziosa che ha nome Angela.

Mi chiese l'altro giorno, vedendomi incuriosito per certe legature esposte in una bottega che affaccia sulla via della Vite: «Perché questa tua passione per l'universo scomparso degli uomini? Non hai interesse per la vita che si vive».

Di rimando le dico: «Perché la tua passione per il mondo astrale e le galassie?».

«Esse sono la vita.» Le rispondo a mia volta: «Per me la vita è tutta nelle antichità».

«Anch'io amo le antichità. Ma la tua è una passione esclusiva: è qualcosa di più che un gusto. Perché?»

L'incalzare delle domande mi fece riflettere. Le dissi: «La vita che gli uomini conducono al presente è tutta dispersa nelle gazzette, o tutta in esse raccolta. E vi è così raccolta da non lasciar spazio per altro. C'è forse spazio per il sogno nella vita al presente?».

Lei rise, e rispose che lo spazio per il sogno è aperto ovunque. Ribattei che la sua idea non mi piaceva, anche se, al lume della ragione, poteva essere convincente.

Aggiunsi: «Le antichità cui penso vanno a prendere posto nell'immaginazione piuttosto che nel sogno».

Lei non replicò, ed io potei continuare a sfogliare con comodo le legature, mentre il bottegaio me ne favoriva qualcuna di gran pregio perché ne godessi.

sempre ai primi di luglio

... Così Vostra Grazia sa. Venne la sera del pranzo. Il nostro Legato fa pranzo per venti coperti fissi: ha in casa magnificenza e luminaria. Quella sera c'era più grandezza per la presenza dell'ambasciatore di Napoli che portava con sé una congiunta stretta della Regina. Era costei una piccola donna con in capo una gran nave di capelli, e piume in forma di canarini. Odorava pesantemente di acqua di Cipro, e le mani le correvano di frequente alla cima del capo, dove la parrucca le spiccava dalla fronte. Si grattava, senza badare alla pulizia delle dita, cosicché la sua pelle fu presto colorata di cipria e di salsa d'acciughe. La cosa non fu considerata di edificazione dai convenuti; qualcuno rise.

La Granduchessa mi parlò in tedesco: solo per chiedere il mio nome e il motivo del mio soggiorno romano. Non attese che le rispondessi: voltò l'attenzione ad altro.

Poi il nostro Legato mi sussurrò che avevo casa, in un luogo certamente a me gradito. Ho capito, da un certo alludere degli occhi e della bocca (il nostro Legato bacia di frequente l'aria), ho capito che doveva aver ricevuto da Vostra Eccellenza notizia di alcune mie inclinazioni. Mi ha parlato dell'osteria della Stelletta, e la cosa mi è risultata incomprensibile. Mi ha parlato del Canova e della necessità che io compia scuola di disegno. Finalmente mi ha detto che il mio alloggio si trovava alle spalle della via Margutta, per un'erta che conduce alla villa dei Medici, che il mio servo sarebbe stato avvisato e che potevo traslocare quando mi fosse piaciuto, – solo che avessi dato l'ordine per l'indomani nel pomeriggio.

La conversazione andò naturalmente sui fatti di Francia. La Granduchessa di Vienna pianse, e tutti tacquero. «E a Roma?» qualcuno mormorò.

Vedevo persone con abiti acconciati male: giubbetti i cui orli d'oro cadevano, ricami e merletti smagliati uscivano sui polsini del principe di Sermoneta. Ha costui uno sguardo opaco, e di continuo dagli occhi gli spurga una lacrima scura e greve: se la pulisce col dorso della mano. Diceva, pensando ai francesi: «Il fulmine di Dio». Ma la sua voce era disinteressata, come se alludesse a cose che non lo riguardassero: parlava per pura convenzione. Compiva un gesto da automa: portava e riportava le mani al farsetto nero che aveva decorato di rosa, e sembrava volesse spogliarsi di esso. Tossiva. Mi si disse che egli vede di continuo fantasmi.

Ci fu anche musica, ma potei gustarne poca. Sempre il principe di Sermoneta, che mi si teneva accosto alla schiena, diceva: «Dovreste andare a Napoli». E poi: «La vista del lago d'Averno vi inchioderà a quella terra». La sua voce fu di una desolata bellezza. Il principe, che è di età certo avanzata, ebbe in quel punto nella gola una strana sonorità che forse significava indelebili ricordi. Glielo dissi. E lui: «Vedo nei vostri occhi che voi pensate a una donna. Ma io non ho alcun gusto alle donne».

Pronunciò queste parole ancora più desolato. Mi fissò nelle pupille, poi ebbe un guizzo: alzò in aria le dita e le ruotò come a voler dire: «Sciocchezze!». Ma rise, e nel riso ebbe un lampo di incresciosa malvagità. Dopo di che, non facendosi alcuno scrupolo, sputò in terra.

Il Legato mi raccomandò ancora la nuova casa. Mi disse: «Non si trova di là dal Tevere, verso i Riari. Va ugualmente bene?». Voleva farmi intendere che aveva saputo delle mie preferenze (e da chi se non da Vostra Grazia?). E insisteva. Lo ringraziai come si conviene, e uscii di palazzo.

Ma la serata non si era ancora conclusa per me. Arrivato alle Carrozze, trovai rumore di faccia alla locanda, lumi accesi, gente che entrava e usciva. Antonio mi venne incontro con la faccia allarmata. Diceva: «Hanno fatto una buriana...». Chiesi spiegazioni, e mi raccontò che era tornata dal viaggio la mia attrice milanese, che aveva affrontato Angela e avevano avuto di che dirsi sulle scale.

Corsi da Angela. La porta era serrata. Picchiai con la mano più volte. Chiamai. Non ebbi risposta. Salii dalla Carrugati. Anche lì silenzio e oscurità. Mi allontanai. Nel ripassare davanti alla porta di Angela, stavolta la vidi socchiusa, e un filo incerto di luce si allungava sulla pietra rugosa degli scalini. Ero solo. Entrai.

Il filo di luce mi guidò fino alla stanza da letto della a me carissima, scavalcai la cassa delle vesti che fa da sedile nel cosiddetto salotto: misi gli occhi oltre la fessura del battente.

Le due ragazze erano insieme sotto il lenzuolo, e si scambiavano tenerezze. Dal movimento che riceveva il lino leggero che le copriva, era facile indovinare di quale natura fossero quelle tenerezze.

Ebbi la voglia di scappare, ma lo sguardo era troppo tentato da ciò che vedeva. L'esitazione, la lacerazione, fu risolta dalla Carrugati che, da quella furba che è, ridendo, si voltò a me e disse: «Lo sai, caro antiquario, che questa piccola strega mi ha violata?».

Angela, con i suoi occhi di ghiaccio, fece un volto indispettito. Poi disse: «Sono giochi fra due amiche. Giochi possibili dopo un litigio...».

Mi vennero le lagrime agli occhi; mormorai con rabbia, con rammarico: «Ed io che ho tali riguardi per i suoi pregiudizi!».

«Cosa dice?» chiedeva la Carrugati. E Angela: «Abbiamo litigato e stiamo facendo la pace».

«Ma quale pace!» esclamai, e ho fatto un gesto di cui non so rendere conto: feci volare il lenzuolo, e scoprii che avevano le camicie sollevate. Vedevo la peluria di Angela per la prima volta: una pennellata di tepore che lei strinse repentinamente fra le cosce.

La Carrugati intanto gridava: recitava un piccolo scandalo. Tanto bastò perché Antonio, che doveva avermi seguito, si precipitasse nella stanza, – disse poi, con l'intento di soccorrermi.

Anche Angela strillò. Antonio ebbe l'idea di zittire le due ragazze stendendo di nuovo il lenzuolo sui loro corpi: e lanciò il lino come una vela in aria. Così ci trovammo occhi negli occhi: loro due sdraiate e coperte; noi due, certo non tranquilli, presso la porta.

«Fuori!» gridò la Carrugati dopo un intervallo brevissimo di silenzio; e, giocando sulla sorpresa, incurante d'essere mezzo svestita, scese dal letto, ci venne contro a mani tese, e ci spinse con improvvisa violenza fuori dell'uscio chiudendo il chiavistello.

Restammo al buio: le sentimmo ridere.

«Cosa è stato?» chiesi ad Antonio.

Antonio si portava le mani alla bocca, al mento; taceva; mi guardava spaurito, e dalla gola gli saliva una sorta di mugolìo o tacito singhiozzo.

«Cosa è stato?» ripeto con veemenza maggiore.

Il ragazzo scuote la testa. «Ma per cosa hanno litigato?» insisto. «Boh» fa lui stavolta, schiudendo appena le labbra, rincalzando il collo nella schiena.

Scesi di corsa due rami di scale: lui dietro. Quasi al portoncino torno a guardarlo e lo prendo per le spalle: «Tu lo sai. Parla. Sono o no il tuo padrone?».

Rispose con una smorfia che mi parve il sorriso di una bestia. Allora lo scuoto e grido che voglio sapere, che è mio diritto sapere. E lui, finalmente, mi dice che la cagione del bisticcio era stato il denaro, – non sa quale denaro: ma ha sentito parlare di denaro, e poi anche di me.

«Di me?» Devo confessarvi che un certo orgoglio si unì alla mia meraviglia. Mi quietai, e uscii sulla strada.

Il luogo, adesso, si era fatto deserto ed era tutto in luce per il riverbero di una luna piena nascosta dietro i tetti delle case. Pareva un giorno morto, tanta era la chiarezza della vista, un giorno investito da una luce estatica e fredda che abbandonava le ombre a una inalterabile impenetrabilità.

In strada, fra il palazzetto della Carrugati e di Angela, e la porta della locanda dove abito, sono pochi passi. In quei pochi passi ho sentito sordamente ansimare il mio Antonio.

Una volta a letto, presi subito sonno.

a tre ore del mattino

Angeletta, questo bilietto ti trovi bene. Portami il caffè, quel tuo caffè, ché sono qui in attesa. Sono il tuo ragazzo che chiami todesco.

[*senza data*]

Pensai, Vostra Grazia, a lungo sulla inconsueta occasione che si era schiusa davanti ai miei occhi. Perché le due ragazze cercarono in me un testimonio? Il mio servo Antonio, con me, non ha più fatto parola dell'accaduto, né io con lui. Credo che il ragazzo, nella sua ingenuità – ma l'ingenuità romana è cosa complessa e per nulla ingenua, così che è meglio sorvolare – nella sua ingenuità, dicevo, credo ne abbia sofferto.

Dentro di me è rimasto un languore cieco, forse nutrito di desiderio, ma, ancor di più, di stupore.

Quella visione, quell'immagine – le due nel letto – erano un segno, una rappresentazione di teatro. E poiché ogni rappresentazione allude ad altro, ci indirizza cioè verso mai percorse strade della conoscenza: ho molto pensato verso cosa quella voluta visione intendesse indirizzarmi.

Che essa fosse "voluta" non ho dubbi: – voi, Eccellenza, ricorderete il mio racconto, la porta dapprima chiusa, poi socchiusa. Ma a questo interrogativo non so trovare per ora risposta. Piuttosto, una generica considerazione, da quel momento, non mi abbandona: che le donne siano contemporaneamente belle come i serafini di Klopstock e terribili come i diavoli di Milton. Una sorta di duplicità le sostanzia: una duplicità che nessun uomo potrà mai sfiorare. È un'androginia dei sentimenti, un ermafroditismo dell'essere che in loro si realizza a tale vertice da sconcertarmi, – e, credo, sconcerti non soltanto me.

Sbaglio? Voi potete dirmi che sbaglio. Ma, se sbaglio, potete anche indirizzarmi verso più esatte considerazioni. Mi è capitato di scoprire nelle donne un divampare di superstizione, nell'odio e nell'amore, spinto verso un limite mai raggiunto in un uomo. Il contrasto fra violenza della passione e dolcezza dei loro tratti le rende orrende, le sfigura. Mi chiedo: perché accade tutto questo? Cosa c'è in loro da renderle così diverse dagli uomini?

27 luglio

Vostra Grazia perdonerà se nella passata lettera ho dimenticato informarla sul mio trasloco, – che ho poi compiuto.

Ho tre stanze più uno studio con vetrata, – cioè, mi trovo possessore di una casa vastissima, seppure le tre stanze sono così piccole che a stento in una ho potuto raccogliermi in letto. Sottili travicelli ricamano il soffitto, di fresco decorato a ghirlande e giunchiglie: ed è un bel vedere, quando appunto sdraiato sul giaciglio, acceso il lume d'ottone a tre becchi se è notte, sgusciando la luce del sole se è giorno dalle persiane, mi trovo disposto a guardare in alto. Bellissimo e sognante vedere.

In una stanza ho collocato un *secrétaire*; nella seconda – sempre a cannocchiale – ho trovato due poltroncine a salotto; nella terza dormo. In quest'ultima, simulato nella parete, è uno sportello dal quale si passa allo studio, – che, invece, è grande e luminosissimo, ampio per la raccolta di pietre, ampio per il disegno e finanche la pittura.

Vedo dalle finestre gli alberi della villa Medici, ed è un delicato silenzio che mi attornia: – le mie riflessioni possono vagare con profitto su qualsiasi argomento, scrivere e far altro. Posso ospitare il modello o la modella per la pittura o disegno. Posso, sempre che lo voglio, ospitare qualche conoscente per la conversazione.

L'altra notte, all'improvviso, è piovuto, e sono stato svegliato dal frastuono dell'acqua contro la vetrata dello studio: il rumore passava la parete. Corsi a vedere: la notte era percorsa da lampi, alla luce bianchissima i lecci del colle Pincio si torcevano come demoni, e pur sotto quello scrosciare di pioggia il clima era infuocato. Pensai al mio Milton amato: – mi sembrava d'essere nelle caverne ultime dell'Inferno: i tuoni erano le grida di Satana spodestato,

> Fuori del ciel già vostro ed or perduto!
> Può stupor così forte i non mortali
> Spirti occupar?

Il torrido orizzonte era sconvolto da un bianco, continuo avvampare: ma quei lecci, e pini più lontani, lo sperone in mattoni della Villa, che ho pure in vista, davano a quel paesaggio tormentato un velo d'elegia, un'apparenza domestica, sulla quale il furore del cielo faceva da cornice violenta e insieme smagata.

Il mio Antonio è ovviamente felice della nuova sistemazione. Non siamo lontani dalla piazza di Spagna, dalla fontana a barca del Bernini, che è un punto di ritrovo per i suoi amici, e dove egli passa parte del pomeriggio a raccontare e a raccogliere notizie. Sono, Vostra Grazia può immaginarlo, notizie di assassini, di liti efferate. Quasi quotidianamente corre la voce che qualcuno è steso a terra con due spanne di coltello nel ventre. Gli svizzeri di Sua Beatitudine non fanno a tempo nel rincorrere questi poiché quello, per un morto nuovo, deve essere acchiappato. Altre notizie vi sono: pure di sangue. Una banda aizzata dai francesi si dice, corre la città, ed è impunita: assale un minutante di camera, un postulante di Consulta, uno scrivano di registro, cioè minori ufficiali di governo, e ne fa scempio. Un mignolo tagliato, l'orecchio strappato, un occhio accecato: sono efferatezze inusitate, sommari giudizi da rivoluzione. La gente ne parla: e alcuni dicono trattasi di esempi di rinnovata giustizia.

Chi soffre di quanto avviene è l'ambasciatore di Francia, altissimo ed elegantissimo prelato, che ha palazzo a San Marcello. L'ambasciatore non sa più, però, chi rappresenta, se il Luigi decaduto o il nuovo stato, dal quale non ha ricevuto commissione e credenziale. Ciononostante, perché francese, e perché ambasciatore, dal popolino, che volta a volta sta per i giustizieri e contro di loro, è guardato male, e la sua carrozza, spesso, fatta segno a sassi e sputi.

Voglio aggiungere a Vostra Grazia che Antonio dorme accanto alla porta d'ingresso, e che il nostro Legato mi ha reso oggetto della sua illimitata distinzione facendomi recapitare in casa una spinetta perché vi faccia esercizio delle dita. Ma io so a stento arpeggiare, e lo strumento è già racchiuso nella sua polvere.

Naturalmente, la casa ha una padrona: donna d'età, avvezza a ospiti tedeschi. Parla qualche parola della nostra lingua, e la pronuncia come per gioco. Da un artista pittore, pare nato a Brema, ha ricevuto anni addietro, in pagamento, una tela di pregio. Chi dice sia Raffaello. Chi dice sia un falso. Chi anche sostiene sia copia di antichissima pittura romana.

Per mio conto, non so decidere: trattasi di opera

di modeste proporzioni. Posso dire che è pittura finissima. Rappresenta Giove che bacia Ganimede. La schiena, la dedizione nel volto di Ganimede sono di fattura eletta: un pallore soffuso, una soffusa nostalgia del divino (che pure è presente nell'abbraccio). Il resto mi pare faticosamente restaurato. Pensavo che Vostra Grazia potrebbe ospitare nella propria collezione un tale pezzo, qualunque ne sia la provenienza, come oggetto di pura rappresentazione.

Intorno a esso vi sono controversie a non finire. Sottrarlo alla padrona, dietro compenso, può tornare vantaggioso. Non dico di più.

[*senza data*]

Se io fossi realmente come dici
l'Ermete Trismegisto che tu chiedi,
Angeletta, non evvi in me natura...

I versi mi si spezzano sulle labbra. Non so scriverne. L'italiano è ai miei orecchi ingannevole. Ciononostante, ti prego: vieni. Fammi assaggiare la tua linfa miracolosa, il mistero della tua bocca. Dopo, insieme, ascolteremo l'argentino risuonare delle sfere sul nostro capo. Bruceremo cartigli avvelenati agli dei della grigia piramide.

2 agosto

Vostra Grazia mi chiama di nuovo bugiardo. È vero, ancora io mi incontro con Angela. La ragazza è assai più gentile verso me, di quanto non fosse un mese addietro. Ho tralasciato di indagare sulla lite notturna con la Carrugati e su quel loro abbraccio, e, devo riconoscerlo, ho avuto fortuna.

Quanto ai vostri argomenti sulla violenza virile, in risposta ai miei sul mistero e sulle ambiguità della natura femminile, ammetto trovarli convincenti. Ripeto, però: sono le ambiguità della donna, il suo ermafroditismo morale (e talvolta erotico), a colpirmi. Voi fate cenno all'"ermafroditismo maschile", mi ricordate i castrati. Certo. Ma quale differenza evocate dentro la mia mente! Il castrato non fa alcun mistero della propria inclinazione: vuole essere femmina, e basta. Ma avete mai incontrato un uomo che dichiari o suggerisca la propria nostalgia per una inafferrabile femminilità? Forse il Satana di Milton, se potesse parlare come vorremmo, potrebbe dirci qualcosa in proposito: ma soltanto lui, nessun altro che lui.

Grazie per il rotolo di denaro, che mi è arrivato a giusta necessità. Per quel che riguarda i miei studi, voglio dirvi che ho trascorso un tramonto sull'alto della colonna di Traiano. Era un caldo caliginoso. La campagna sembrava perdersi dentro il pulviscolo dell'aria. Il Palatino, poco di fronte, appariva simile a una cava di pietra orlata di lauri e cipressi. Assistevo di lassù al rovinìo della romanità: i marmi interrati e sbriciolati che scorgevo, nella sera crescente, mi indirizzavano a pensieri di catastrofe.

Mi dissi: studiamo l'arte morta, perché c'è qualcosa che va morendo in noi e trascina con sé ogni residuo entusiasmo.

Una notizia: monsignor Passionei mi ha detto che il principe di San Carlino ha saputo della mia presenza a Roma.

Il mio saluto devoto.

ancora in agosto, prima metà

Eccellenza, il cielo è coperto da banchi di nuvole scure e madreperlacee: vanno veloci in cielo come velieri spinti da un vento felice. Al di là di esse, corrono, ai bordi dell'orizzonte, rombi di tuono. La canicola è pesante: la minima fatica costa ruscelli di sudore. C'è nel clima di questa città qualcosa di maligno, finanche di funesto.

Ho trascorso il pomeriggio abbandonato a un languore che non conosce medicina. Il sonno mi ha persino rapito: ma sono sicuro di aver dormito solo per qualche istante, e quell'istante mi è parso un'eternità.

Due enormi merli beccano sul terrazzino del mio studiolo qualche grano di miglio che Antonio si preoccupa fargli trovare. Il loro soffice piumaggio bruno li assomiglia a creature celesti: la danza che fanno, la leggerezza nello scegliere fra chicco e chicco, un quieto fischiare, tutto è celestiale. Vorrei comprendeste quanto io sia preso da quelle creature.

Il Legato vi ha scritto che sono travolto da un insano esercizio erotico, che conduco un'esistenza di cupe pratiche magiche, che ho dimenticato i dettami della fede nel Signore. Un'obiezione: perché tanta solerzia nel nostro Legato?

Credetemi: non ho sciupato grazie. E le pratiche magiche consistono in letture assidue di scritti innocenti del Paracelso. Null'altro.

Quanto all'amore e alle gonnelle: non sono venuto a Roma per vivere come in clausura. Pratico comunque una gonnella sola: quella di Angela. Il Legato vi ha detto che sono stato visto abbracciato una sera, al campo Vaccino, con due femminette. Ebbene, sapete tutto: la Carrugati e Angela erano con me. Non credo che se le gonnelle cui mi aggrappo talvolta sono due insieme io ci scapiti in qualcosa.

Sì, direte voi: – e so quel che intendete. È vero: ho chiarito il mistero in una direzione per me soddisfacente. Ho giocato in modo di andare nel letto delle due ragazze. Ma esse non aspettavano altro.

Monsignor Passionei mi ha introdotto ai problemi della pietra antica. Per un favore speciale della Propaganda Fidei gli è stato fatto recapitare un corredo notevole di frammenti di marmo dall'isola di Paro. Questi frammenti sono stati tagliati in altrettanti campioncini, – monsignore me ne ha donato una dozzina, dalla grana più fine alla più grossa, alcuni purissimi fino alla perfezione, altri mescolati, a dosi via via superiori, di mica. I primi adatti alla scultura, i secondi alle costruzioni. Ho capito quanto sia necessario essere a dentro nei problemi del materiale artistico per valutare con giustezza l'arte medesima.

Il marmo, quanto più è pretto, finge la trasparenza, la lucentezza soffice dell'epidermide, nel corpo umano. Ho appreso che il disegnatore, il pittore di nudo devono porsi verso la matita e la carta che adoperano, e verso l'olio e i pennelli, con vivo scrupolo. Il lucore della pelle è immagine di bellezza. Lo sosteneva il nostro Winckelmann, lo realizza Canova.

Hèlas! mi tortura una questione: – perché rappresentare la nudità del corpo? Il nostro corpo cosa nasconde dentro di sé?

[*senza data*]

Vorrei comunicare a Vostra Grazia alcune riflessioni che ho fatto leggendo i *Pensieri* del Winckelmann sul nudo e i Greci.

Il Winckelmann privilegia l'intelletto e l'idea. La bellezza gli appare come l'aereo coagulo d'un concetto che scavalca la vita e la rende al punto supremo di sé: – pertanto, essa, la bellezza, è una sorta di addio all'esistente, alla verità quotidiana. Un volto bello, così come è declinato in una scultura greca, è per Winckelmann una somma quasi algebrica di bellezze parziali: – la vita palesa queste, ma non quella: che appartiene all'eterno.

Le pagine di questo nostro illustre studioso mi affascinano, mi soggiogano, al punto che mi sembra averlo come interlocutore. Devo aggiungere che la sua presenza, qui in Roma, è, per dir così, tuttora viva. Monsignor Passionei mi racconta, con ricchezza di dettagli, l'amicizia che il suo zio Cardinale nutrì per il grande antiquario: di come i due andassero affratellati in carrozza per la campagna intorno, e anche in viaggi di studio, e come fossero persino tutt'uno nel cuore.

Incanto dell'amicizia. Comprendo – è visibilissimo – quanto il caro monsignore desideri che fra lui e me si realizzi qualcosa del legame che unì il suo illustre zio al tedesco. Ma io non sono il Winckelmann, ed egli non è un principe della Chiesa Romana. Certi reciproci silenzi fanno da trastullo a queste considerazioni malinconiche: – tuttavia siamo amici.

Vi dicevo che le pagine dei *Pensieri* hanno suscitato in me talune riflessioni. Winckelmann elogia la nudità. Gli artisti greci, dice, andavano nelle palestre dove i giovani lottavano nudi: in quelle nudità studiavano i principi della dinamica dei corpi, il senso dell'equilibrio delle parti; dalle impronte nella rena rilevavano la plastica dei muscoli.

Queste annotazioni sono esposte con tale calore, con tale persuasività da avermi convinto a ricercare il modo per avere anch'io una paragonabile esperienza della bellezza.

Ho pregato Angela di farmi da modella. Le ho

chiesto di non posare immobile come è d'uso, ma di muoversi, liberata dalle vesti, per la stanza. Fu un tentativo sfortunato: la ragazza mi passeggiò davanti, suscitando in me una incontenibile fame per i suoi esili seni. Potete immaginare come si concluse la faccenda: per un verso felicemente, ma non era quello all'indirizzo del quale l'avevo approntata.

Decisi, dunque, per il modello maschio. Ed è facile trovarne: la piazza di Spagna accoglie giovani che arrivano di proposito là, poiché sanno che nelle vicinanze vi sono studi di artisti, e che gli artisti hanno bisogno di soggetti da ritrarre.

Pochissima moneta, il pane, magari una verdura: quei ragazzi stanno con voi per più giornate. Hanno corpi non stretti nelle vesti. Winckelmann soffriva che i corpi maschi fossero stirati dentro le inquartate. Loro, giovani di campagna, pecorai di vocazione, sciolgono due lacci, – via la camicia e le brache, sono già nudi.

Il mio nudo, Paolo o Pavolo come lui dice, è vignarolo di Castello: – oltre il Tevere zappa in una vigna e pianta la lattuga. Le sue mani, però, quasi non hanno calli. È forse vignarolo più di nome che di fatto: al mio utile conta poco. Ha una testa nera e ricciuta che cura con vanità tirandosi i ciuffi verso le tempie alla moda francese. Ha le spalle piene, il petto ancora di più, il ventre liscio, ma le gambe corte, lievemente divaricate alle ginocchia: grossi i polpacci.

Certo, non è il Bacco famoso del Cardinale, la cui bellezza è d'astri e suprema, e appunto per questo a me parve vanente e persa. I giovani greci avranno avuto gambe altrettanto affusolate, e quell'andatura lieve quasi danzassero sulle nubi. Il Pavolo ha invece natiche che lo tirano giù a terra, ma perciò non sgombre d'una cupaggine che potrebbe essere chiamata bellezza.

Egli ha nei piedi nodi di fatica, un che di addolorato e forse di ammalato: ma in quello scorgo una verità che chiama gli occhi e la mente. È una verità che non purifica, eppure vibra nella fantasia. Non è la medesima verità che già vibrò nell'immaginazione del Caravaggio ? Nei piedi callosi dei pellegrini inginocchiati davanti alla sua Madonna, quanta strana bellezza.

Winckelmann ha scritto che nelle statue greche non c'è mai traccia di quelle piccole, isolate pieghe nella carne che deturpano i nostri corpi. Nelle pieghe di cui il Pavolo fa mostra, sono i segni della vita. Io gliele ho additate: lui le ha come scoperte, e ne ride.

La conclusione: – che mi sento incline a credere in questa bellezza della verità effettuale, anche se il sistema di proporzioni ideali di cui ha scritto Winckelmann, messo a confronto con i Greci, è un'attrattiva cui sottrarsi è difficile.

Vorrei raccontarvi come andò la posa col Pavolo. Gli dissi, dunque, di spogliarsi, e lo dissi anche ad Antonio: li invitai a far la lotta perché potessi cavare qualche schizzo dai loro movimenti.

Si presero per le braccia e lottarono, serissimi: subito sudarono. Nonostante i vetri aperti, la stanza fu piena del loro odore. Avevano sudiciume alle gambe, alle ascelle, ovunque. Li feci smettere. Con la mina avevo segnato appena qualche tratto. Loro allentarono la presa, ma di poco: se ne stettero abbracciati rotolandosi sul pavimento per qualche tempo, ridendo e sempre più ridendo, con qualche morso e con qualche schiaffo reciproco. Capii che dovevo fare in fretta: cogliere quella risata, quei gesti che parevano di antica rivalità, o di amore virile. Ma la mina non mi secondò: la mia mano era irretita da una nervosa irresolutezza. Non riuscii a nulla, e restai a fissare il mattonato senza più udirli. Qualche tempo dopo li vidi sdraiati a terra, supini, mostrare quel che potevano mostrare senza alcun senso di pudore.

29 agosto

Vostra Grazia ha risposto con furia, ha imposto ai corrieri tempi veloci. Con altrettanta velocità rispondo.

Dalle vostre parole scopro che non avete interesse per i miei studi. Pensavo altrimenti. Pensavo che le mie riflessioni su Winckelmann – che stimo, credetemi, oltremisura – potessero destare in voi un'aggiunta di affetto per me.

Andavo vanesio per la conquista mentale di cui mi sentivo autore. Il vostro biglietto ha reso chiaro quanto fossi lontano dall'avervi compreso: dall'aver compreso, cioè, la vostra cura per me. Da quando sono a Roma, non avete altro pensiero che di sorprendermi nella menzogna. Non posso dirvi, neanche per compiacervi, che vi ho mentito.

Mi dite di non avervi informato delle mie visite alla collezione Albani, al magnifico Bacco. Mi dite che sono stato alla Villa del defunto Cardinale senza avervi narrato il come e il perché. Vi chiedete come mai io sia andato là senza che la cosa abbia in qualche modo coinvolto il principe. Dimenticate che sono amico e sodale di monsignor Passionei, e che il detto monsignore ha libero accesso alla Villa per intuibili motivi di studio. Non solo, e lo ripeto: egli è nipote di quel Passionei tanto caro al cuore del Winckelmann, il quale, del cardinale fu più che un pupillo. E dunque? Sapete altresì che il principe non vive alla Villa ma al Palazzo, alle Quattro Fontane. I custodi della Villa, semplici vignaroli, non sono tenuti a informarlo delle visite che monsignore vi compie. Monsignore arriva là, di solito accompagnato da qualcuno, un giovane apprendista come potevo essere io, viene ricevuto con rinfresco, una premuta di limone senza zucchero dato il caldo, scambia convenevoli sui pascoli o altro, corre alle sue pietre, ai marmi: schizza qualcosa sul taccuino, e parte. Quando andammo, disse, stringendo gli occhi nelle guance – egli fa uno strano sorriso di scusa al mondo nel parlare, tentando una perorazione senza darlo a vedere, – disse additandomi, dunque: «È un amico, e nutriamo il medesimo amore».

Venimmo via: avevo le pupille abbagliate. In fretta, avevo visto in fretta tutto quanto era possibile vedere: – e cioè la mirabile disposizione delle statue. Sul Bacco scendeva una luce di sole al tramonto vivido e rosso, – quel sovrano di bellezza pareva vestito di un trasparente manto di porpora. Posso dire di non averlo visto: eppure ero posseduto dalla purezza delle sue linee, ero posseduto dalla sua leggerezza... Ma cosa vado scrivendo! Voi esigete fatti: mi rinfacciate i mesi trascorsi, muovete rampogne allo sperpero che avrei compiuto di me: – nelle vostre parole c'è l'ombra della gelosia.

Vi prego di non accusarmi di presunzione. So che l'affetto da voi nutrito verso la mia persona è tessuto di sentimenti diversi: fra gli altri, primo, è un'inclinazione palesemente disinteressata. La vostra gelosia è quella di un genitore. Ed io sono deliziato dai vostri istinti possessivi: – danno al mio cuore una dolce sicurezza.

Ma accanto a questo la mia vita scorre, e qui a Roma va incontro a grandi novità. Non è mia intenzione mentirvi: lo giuro. Se vi ho taciuto qualcosa, non c'è nella mia penna una qualche maliziosa intenzione. Vi scrivevo il meglio delle mie esperienze: – il resto, per me, era trascurabile o sorpassata occasione.

Comprendo ciò che può esservi insorto nel cuore leggendomi. Ma perché subito accusarmi? Se non vi avevo scritto nulla sul conto del principe, ciò era da interpretarsi come un niente di fatto. Difatti, niente è accaduto. Le cose stanno al punto che vi ho già accennato: – pare che il principe sappia della mia esistenza. Per quale via abbia saputo di me, mi è sconosciuto: ed è sconosciuto anche a monsignor Passionei, che tanto si dà da fare intorno al mio caso.

Comunque, egli sa.

Passionei mi dice che il mio ingresso al palazzo dovrà avvenire per strade naturali – ne parlammo – così da escludere ogni sospetto. I giorni e le settimane corrono, e niente avviene. A questo pensiero si accompagna in me un senso di indecisione, un vero infiacchimento delle forze: – e quando esso mi possiede, mi tornano chiare al ricordo certe vostre parole, "Accade alla giovinezza virile d'essere presa da crisi di femminilità nell'affrontare eventi di grande peso: una sincera debolezza percorre i nervi, e si vorrebbe palesemente cedere a una violenza maschia".

Sperimento di non potere agire, poiché ogni azione, nel mio disegno, andrebbe errata.

Presentandomi al palazzo, magari per chiedere permesso di visitare la collezione della Villa, non potrei tacere il mio luogo di nascita e provenienza. Per gli stranieri il principe esige il controllo dei salvacondotti e delle credenziali, – pare abbia timore dei francesi. Una volta che avesse letto il mio salvacondotto, le mie credenziali, tutto gli sarebbe chiaro; e se anche io non fossi qui con le intenzioni che ho, egli entrerebbe in sospetto.

La sparizione di vostra figlia la principessa è un caso che interessa poco una città come Roma. Quando il nostro Legato, in mia presenza, ne accennò a monsignor Passionei, il medesimo monsignore disse sorpreso: «Non la vedo dall'ultima processione del Corpus Domini. È un anno». Dopo aver parlato con me, però, Passionei si convinse alla nostra preoccupazione: da ciò mi esorta alla più attenta cautela. La principessa, mi dice, era persona poco incline alle feste del Legato di Francia, le più frequentate qui, come anche ad apparire nei palchi del teatro all'Argentina, o al corso per il carnevale. Frequentava le cerimonie di Sua Beatitudine, cercando di evitare i principi nipoti Braschi. Talvolta andava al palazzo del Quirinale, più spesso era presente a San Pietro o al cerimoniale del Laterano.

La notizia – sempre Passionei a dirlo – è che sia scomparso dalla città anche don Marcello, il fratello minore del principe: un giovane di luna triste, bellissimo e taciturno. Dicono fosse figlio di uno stalliere invece che del padre da cui è stato allevato. La principessa madre lo mise al mondo, e poi, dopo qualche anno, morì: – dicono di sua mano; altri dicono che il morire di sua mano le sia stato imposto.

La famiglia, a quel tempo, non abitava al palazzo di San Carlino, ma in un casamento turrito, più volte manomesso e acconciato, non lontano dalla fabbrica incompiuta della chiesa di San Salvatore in Lauro. La zona è quella dove il Legato, dapprincipio, cercò abitazione per me: all'incirca sui Coronari.

Sono andato a quel casamento a più riprese. Vi ho passeggiato intorno, di mattina, alla sera. Non ha aspetto di palazzo, come a esempio il vicino palazzo Orsini, che pare una fortezza al cui ridosso case su case fanno da contrafforte.

Il casamento che vi dico è un intrico di mura e tegole, una faticata maceria forata da finestre, che, solo ai piani alti, sono sistemate di imposte. Dal ponte del Castello, sul verso del fiume, vi si scorge una loggia, nel canto di Tor di Nona e del teatro, una loggia poggiata a tre archi che hanno basamento sul greto e l'acqua.

Vi abitano gli spuri di casa, o servi, o un glomerato di famiglie che i principi non vogliono in palazzo: tale la dicerìa. La porta è cadente e sempre spalancata: vi manca il guardaportone, né c'è il viavai consueto delle case in cui vivono più persone, più famiglie.

Un mattino, in compagnia di Angela, mi ci avventurai. Finsi curiosità di viaggiatore: dissi alla ragazza che volevo visitare quell'enorme spelonca. Non ebbi necessità di scongiurare e far preghiere. Lei stessa, come per divertimento, varcò la soglia per prima.

Subito ci trovammo lontano da ogni luce, in un budello ritorto che ci condusse dentro un androne anch'esso oscuro, vasto però come un'aula di tribunale. In alto vi correva un balcone di legno, talmente in rovina che sarebbe stato fatale per chiunque percorrerlo. Dalle volte pendevano secolari ragnatele, così dense da sembrare panneggi di velluto, addobbi di lutto.

L'androne, in prospettiva, andava a chiudersi in un arco strombato dentro cui si avvolgeva la spirale di una scala in pietra umidissima. Volammo là, e, nel girarsi della chiocciola, vedemmo uno stretto passaggio attraverso il quale filtrava il lume del giorno.

Camminammo per corridoi e anditi sparsi di paglia: nelle prime stanze c'erano gli asini. Poi venne un cortiletto, che pareva un pozzo, – qualche inferriata in cima, e niente altro. Una scrofa e un porco grugnivano disperati dietro una sbarra di legno: miravano a un secchio di crusca e acqua, dove galleggiavano scorze di anguria. Il secchio gli era lontano, abbandonato: quello spettacolo di fame animale era ripugnante.

Angela rise della mia ripugnanza. Le spiegai che

l'odore del luogo non soltanto mi stordiva, ma aveva su me effetto di narcosi, e che volevo fuggire. Riuscii a trascinarla di corsa verso la luce che ci si parava davanti: era la loggia. Per l'intero tragitto avevamo incontrato soltanto un bambino che ci aveva guardato con occhi spenti, ma grida adulte scendevano dall'alto sul nostro capo, come di bisticcio fra due donne e un uomo. La loggia era deserta, mentre di sotto, sulla rena del fiume, un vecchio annodava vimini.

Ci trattenemmo qualche tempo lassù. Angela mi derideva. Avevo insistito non poco per arrivare dove eravamo: lei diceva che la mia curiosità era punita. Il mio stordimento, il mio disagio erano i segni della punizione.

Davo occhiate al fiume, al Castello, e al vecchio che lavorava il vimine: – lo sentivo cantare una nenia faticosa, che strideva con l'aria chiara intorno. Si udivano richiami di barcaioli venire oltre lo sperone del palazzo Altoviti, poco più sotto. Là c'era animazione: – la loggia, la casa di sopra, il vecchio, invece, erano segnati di abbandono, di una fatale dimenticanza che raddoppiava il mio malessere.

Senza dire nulla, presi Angela per mano e con passo svelto ripercorsi il tragitto compiuto prima. Lungo la scala sorpassammo un barbiere zoppo, che scendeva mormorando parole di rabbia, con una voce sgranata e afona: portava con sé una bacinella di ottone, orlata di schiuma secca. Non si accorse di noi, – così mi sembrò. Gli scivolammo furtivamente accanto, Angela soffocando una risata.

Quando fui all'aperto, sulla piazzetta della chiesa, di nuovo in mezzo ai carretti del mercato che vi si affolla, mi sentii sollevato, e la ragazza disse che mi era tornato il sangue sulle gote.

Ho raccontato di questo disagio per esprimele –

Vostra Grazia mi creda – una riflessione: guella casa non può essere prigione o tomba per nessuno. La principessa vostra figlia non può esser là, tra quelle mura. Ne ebbi la certezza intuitiva. La casa mi parve il luogo di una vergogna che si desidera dimenticata. Pensavo queste cose, e Angela ridendo diceva, «L'odore della piscia dell'asino ti ha stordito...».

ai primi di settembre

Vostra Grazia non risponde più alle mie lettere. La cosa mi turba. Non so a quale sollecitazione io sia venuto meno. Posso ripetere un giuramento cui non credo di aver mancato: tenterò fino all'estremo di raggiungere i fini che mi sono stati affidati, anche a rischio della vita.

Il vostro silenzio mi addita una condanna. Il nostro Legato, sempre col suo fare fantasticante, distratto, puntando in aria il mento come a sostenere improbabili pesi, ha parlato di mie manchevolezze. Ma che dico! Egli non usa parole chiare: suggerisce, fa intendere, allude. Insomma, credo aver capito che egli ha ricevuto una vostra lettera, credo che in questa lettera fossero parole cocenti sul mio conto. Il Legato le ha tradotte ai miei orecchi in un linguaggio in cifra. Ha detto: «Con quanta verità state affrontando l'oscura situazione in cui vi siete deliberatamente cacciato?».

Parole così contorte mi hanno lasciato interdetto. Non restava che meditarvi sopra. Dunque, nell'espressione cerimoniale del Legato si incrocia la mia "verità" a una situazione "oscura" nella quale io avrei cacciato con soddisfazione (o con che cosa?) la mia persona. Ma di quale "verità" egli parla?

Per mio conto, conoscendovi, immagino i vostri pensieri. Voi gli avrete scritto all'incirca qualcosa che avete già scritto a me. Ritenete che io stia mentendo, che non vi dica tutto quello che avrei da dirvi sui fatti che mi occorrono in questa città. Ritenete che io proceda di svagatezza in svagatezza, di avventura in avventura. Per mia parte, sono convinto che le avventure, o le svagatezze, serviranno a qualcosa: anzi, più che a qualcosa.

Comunque, ho risposto al Legato. Gli ho detto: «Perché non tentate anche voi una strada per risolvere il caso della principessa?».

Ha tirato giù il mento dalle sue aeree considerazioni: una mossa brusca, uno strappo. Mi ha lanciato un'occhiata quasi di rabbia. Poi, secondo il suo costume, ha centellinato le parole: – «Io sono qui in veste diplomatica. Devo obbedienza al mio rango, discrezione agli ufficiali di Sua Beatitudine: a costoro ho da rendere minuzioso conto delle mie azioni. Non ho la vostra libertà, – una libertà di cui, non posso negarlo, state facendo ottimo uso».

Queste le sue parole: «ottimo uso». Eravamo naturalmente in casa sua, e la serata procedeva come di consueto nel salotto di conversazione.

A Roma si adoperano ovunque candele di sego. L'aria nelle camere è spesso affumicata e puzzolente. Qualche dama tossisce per affettazione: – è un vezzo volto a suggerire che qualcosa, in quanto si dice, in quanto si ascolta, non va. Quella sera si tossiva molto.

Io ripetei fra me, ma a voce anche alta, il giudizio del Legato, «ottimo uso...». Poi gli chiesi: «Perché ottimo?». Non voleva essere la mia una ingenua domanda: tentavo di portare quell'uomo a pronunciarsi con chiarezza o, per lo meno, con minore oscurità. Ma egli si voltò altrove: si voltò verso i propri ospiti con l'aria di chi è doverosamente preso da altro e non può starvi ad ascoltare più di quanto ha fatto.

La conversazione – di qui la ragione di quel tossicchiare – procedeva, al solito, sui francesi. La chiacchiera andava intorno alla pubblicazione di un foglio di dichiarata simpatia verso il cosidetto Terzo Stato e le operazioni di Francia. Qualcuno sosteneva che il clero nutre, in qualche sua parte, attese di salvezza verso la rivoluzione e i francesi, nel bisogno di un mai sopito anelito di rinnovamento. Chierici santi incrocerebbero le spade contro chierici indiavolati e dediti al traffico del mondo.

Una dama là presente, che portava sulla parrucca bianca, al centro della fronte, una viola del pensiero fresca, dove il blu, il giallo e il carminio sfumavano sui tre petali, commentava: « Conosciamo forse preti che abbiano realmente sete di santità?».

La donna rideva, e gli occhi le sfavillavano di lampi vendicativi. Le altre donne, quelle che le stavano vicine, tossirono vivacemente. Tossì anche un votante di segnatura, impettito dentro un nero vestitino di faglia: – tossì e il sudore, sulla fronte incerata, gli si distillò più denso.

«Oh, no!» seguitò la donna col fiore nei capelli: «Monsignorino, lei non può, non deve protestare. Io dico che i santi padri partirono per il deserto: – sto ai racconti del mio confessore. Quindi i santi padri ebbero disprezzo per il mondo e le sue ricchezze. Nessuno dei principi del Sacro Collegio parte per il deserto: – semmai parte alla volta di una villa, Caprarola, Bomarzo, Bagnaia».

Adesso ridevano tutti, e nessuno tossiva più. Ma il votante di segnatura, che a scorno del pallore doveva essere di buon temperamento, insistette: «Qui si dà un credito eccessivo alle dicerie dei viaggiatori e agli scritti degli eretici. I fatti di Francia riguardano la Francia».

Gli fu chiesto a più voci: «Che significa questo?».

«I popoli» rispose lui con tigna «tolgono via un re e ne fanno un altro: accade spesso. Per togliere via un re e farne un altro necessita un certo clamore. Il clamore che viene dalla Francia non è altro.»

«Ma la carta dei diritti, la distruzione delle prigioni, la marcia sul palazzo di Versailles, la ridicolizzazione degli attributi del sovrano e non soltanto della sua persona, sorpassano il segno del clamore di cui dice monsignorino.» Parlava così un giovanotto, con la foga, non capii, se del consenso o del dissenso. Le sue parole generarono un nuovo chiasso, un rinnovato tossicchiare, e la piccola folla si rimescolò nelle tre stanze che erano aperte.

La donna dalla viola del pensiero mi venne vicino e mi chiese cosa pensassi della questione. «La vostra giovane età cosa vi suggerisce?» chiedeva. «E la vostra età, che è di data fresca quanto la mia, cosa suggerisce a voi?» chiesi di rimando. «Volete parlare d'altro, ho capito» e mi voltò la schiena, offesa.

In quella schiena, foderata dall'organzino, avvertii un fremito di cui potevo dirmi conoscitore. Rincorsi la dama. «Chi siete?» le domandai.

III

Considerazioni prime

Il lettore, è probabile, vorrà sapere di più del nostro Hugo. Questo, per cominciare, il suo nome, – scritto, tra i merletti di una firma giovanilmente aggraziata, lungo il foglio di una lettera. La stranezza era che le lettere non portavano firma, e che quel nome non concludeva saluti o altro di simile, ma era segnato di traverso, e più volte, accanto al testo vero e proprio. Sembrava che lo scrivente si fosse proposto di provare, come su una minuta, l'effetto espressivo del proprio nome accompagnandolo con una decorazione che lo ingentilisse.

Hugo: – non sappiamo altro, se non quello che le sue lettere aggiungono via via attraverso il racconto.

Ho detto che non soltanto lettere erano radunate nel fascicolo da me sottratto all'Archivio, ma anche pagine che potevano essere state strappate da un diario.

La maggiore curiosità che provavo nello scorrere le notizie "romane" inviate a Sua Grazia in terra tedesca – non dico le notizie di cronaca, ma quelle che riguardavano la strana missione da compiersi – nasceva dal puntualizzare il margine di menzogna che potevano contenere. Sua Grazia, l'Eccellenza, rimproverava Hugo di mentire.

Non c'era neanche da chiedersi su cosa e in quale misura il giovane potesse mentire: mi sfuggiva ogni possibilità di confronto, non si poteva oltrepassare il limite fisico della lettera. Hugo veniva accusato di bugia, e all'accusa egli rispondeva che no, che non era bugiardo: – tutto finiva qui.

Eppure, nelle sue risposte c'era un suono non lieve di ambiguità, un suono sfuggente che mi dava da pensare quanta menzogna circolasse fra le ripulse. Pensavo che quella menzogna non fosse grave. La giovinezza è attratta da tutto quanto offre la vita. Hugo mancava agli appelli urgenti di Sua Grazia non per calcolo, ma semplicemente, come si usa dire, per gioventù, – e le sue bugie non erano altro che l'effetto di quella malìa, la malìa della gioventù.

Bella malìa, – quando il tempo sembra una tela infinita che si srotola a nostro piacimento, e il domani appare capace di contenere ogni risposta ai nostri disegni.

Hugo, dunque, amava divertirsi, e rimetteva al poi il compito che gli era stato affidato.

Se posso suggerire una interpretazione, direi che Hugo era partito di troppa buona voglia dalla sua terra – un ducato del nord, un ducato baltico – attratto – e perché no? – dal miraggio solare di Roma, e da quello che esso rappresentava sia per i suoi non so quanto intensi interessi antiquariali sia per il palpitare della sua carne giovane. Il ragazzo non aveva meditato troppo sulla missione che aveva da svolgere. In questa sua sventatezza c'è più di un fascino: – la sua vitalità cresceva libera, e la sua sete di conoscenza andava alla pari con la sua sete biologica.

Hugo aveva approfittato, con la leggerezza che è

appunto gioventù purissima, di un'occasione che gli si era offerta. Partirsene ragazzo alla volta dell'Italia, libero di spese, seguito con cura solerte da una persona di rango che poteva, anche a distanza, farsi amorevolmente, seppure tra rimproveri, presente a lui, era semplice esca alla voglia di partire e non a quella di riflettere. Quindi era partito: – quanto agli obblighi da assolvere, il tempo stesso vi avrebbe provveduto.

Chi era, però, Sua Grazia, l'Eccellenza che tanto benevolmente aveva offerto al ragazzo l'occasione del viaggio?

Nelle lettere di Hugo è contenuto un ritratto obliquo di Sua Grazia. Pensai a un'obliquità che sfogasse in mistificazione: – Sua Grazia non era femmina, ma era maschio. Quel suo compiacersi di ragazzi, di ragazzi scuri di pelo, e il modo in cui Hugo scrive di tali gusti e di altre segrete inclinazioni comparabili, mi fecero pensare a un gioco sfrenatamente libertino messo su carta, affidato ai corrieri di posta, calcolato per il fine di realizzare un godimento verbale e fantastico che solo l'immaginazione – e quale immaginazione! – può suggerire.

Pensai, cioè, a una forma complicata se non complessa di omoerotia, di cui mi sembrava si avesse prova indiretta, ironica, nel leggere le avventure eterosessuali di Hugo a Roma.

I racconti di quelle avventure erano provocatori: erano il segno di una strategia sofisticata, seppure spontanea, per tenere in vita un rapporto amoroso, non soltanto erotico, che poteva dileguarsi per via di lontananza. Hugo, istintivamente, sottolineava la lontananza e la sua indipendenza virtuale, ma insieme accendeva ceri al sospetto, alla gelosia: alonava le proprie confessioni di ambigue "menzogne", rendeva sempre più selvaggia la passione.

Ma Sua Grazia ha anche una figlia: questa figlia è andata sposa a un principe romano; è quindi sparita, o, per lo meno, la sua vita di sposa genera interrogativi nel genitore lontano. Egli vuol saperne di più: – di qui la missione di Hugo. È una missione che ha bisogno di tatto, di discrezione: – ma è anche una missione che ha il sapore del pretesto.

Forse Sua Grazia ha inteso, inviando Hugo a Roma, liberarsi di lui; e Hugo fa in modo di tormentarlo, mette in atto sottili benché ovvie vendette: poiché è ovvio, per un innamorato che si senta ricusato, far tutto per non rompere con l'oggetto amato. Ma Hugo era innamorato di Sua Grazia?

Non credo che a questa domanda possano esservi risposte. E poi: fu soltanto avventura erotica, libertina, quella corsa da Hugo a Roma; o in essa non ebbe parte qualcosa di più complesso, di più determinante nell'esistenza storica di un individuo?

[...]

IV

[*senza data*]

... quasi per distrazione me ne parlate. Eppure è cosa di grande importanza. La principessa vi scrive a distanza di mesi, dice d'essere in buona salute, e voi me ne scrivete soltanto in chiusura di lettera, come in aggiunta.

Ho capito: mi ripagate della stessa moneta con cui credete io vi paghi (se il verbo mi è concesso nel rivolgermi a voi). Ebbene, vostra figlia non vi ha suggerito nulla intorno al luogo dove trascorrerebbe le sue giornate? Nulla vi ha fatto intendere se ella viva chiusa in prigionia o no?

Ho da comunicarvi il mio sentimento di desolazione.

Ancora la vita di questa città stregata mi eccita, ma la vivo circondato da un impalpabile velo, un velo di colore abbrunato che si va facendo sempre più scuro, sempre più nero.

Città stregata e stregante. La gente è sempre ossessionata dallo spettro della fame. Le messi sono state raccolte da circa due mesi: si parla di grano nascosto, di pane carente. Così, al mattino, tutti corrono ai forni, e si creano tumulti per nulla, ci sono feriti e pestaggi: – poi ciascuno torna a casa con la pagnotta in mano, ma senza contentezza. Chiunque è convinto di aver strappato quella pagnotta alla penuria e al caso fortunato, e si propone per l'indomani altre lotte, altre grida, altre pene.

Monsignor Passionei mi dice che la città vive *ab aeterno* circondata da spettri micidiali, che prendono forma di incubo notturno. Gli abitanti, assonnati nella piena luce del giorno, devastati da una vecchia più che antica saggezza cinica, nella boria che ostentano, sono in effetti vittime di un crudo isolamento. Questo isolamento ha doppio volto. Il primo: la geografia, le pianure paludose, desertiche che circondano la città e che inscenano immagini di morte, di povertà senza rimedio. Il secondo: ciò che si chiama *historia*, e cioè il vizio di vedere sempre presente un passato irrecuperabile, realizzato in una maceria insensata che ormai è confusa nel paesaggio al modo in cui lauri e lecci sono confusi fra loro: pietre, e pietre, e pietre. Sono pietre intorno alle quali si affannano forestieri a trarre auspici: – e i romani, con il loro comportarsi, suggeriscono a quelli: «Lasciate perdere, non curatevene: quelle pietre sono mute, mute al pari di una pietra in natura, una pietra abbandonata dal Tevere in piena sul greto...».

Così, tutto mi appare vano, e mi dico che i miei stessi studi sono vani.

Qualche giorno addietro ho incontrato per caso nel campo Vaccino il principe di Sermoneta. Quest'uomo vecchio e malinconicissimo mi è venuto affabilmente incontro. «Avete compiuto il viaggio a Napoli che vi ho raccomandato?» mi ha chiesto. Ho risposto naturalmente di no. Gli occhi di lui spurgavano un'ambra densa e vischiosa: se li nettava con un lembo del polsino sfilacciato. Poi mi ha detto: «Roma annienta tutti: annienterà anche voi».

Ridacchiava. Gli ho chiesto di spiegarsi, di parlarmi a cuore aperto. Camminavamo in mezzo alla polvere. «Voi non dovreste lasciarvi sorprendere da quanto vi dico. Credo mi abbiate capito. È una mania del secolo questa, di credere che Roma sia significante chissà per quale costrutto. Voi siete cattolico? Se lo siete, non dovreste stupirvi per le mie parole. Se non lo siete, l'ostilità a tutto questo...» e col dito si indicò attorno «dovrebbe essere in voi istintiva.»

«Niente affatto» gli dissi: e argomentai che per me Roma non era la città santa della Chiesa, ma la testimonianza di un passato ancora vivo... Parlavo ma sentivo le mie parole ischeletrirsi, incenerirsi come fossero presso la vampa di un fuoco sfibrante. Difatti, il vecchio principe disse, parlando fra sé: «Quante sciocchezze!». E si allontanò senza darmi tempo di salutare. Lo rincorsi, e mi evitò con aria distratta: ostentò non vedermi.

Ma perché vi racconto tutto ciò?

Mi torna alla mente che avete ricevuto notizie dalla vostra figliola principessa, e me ne parlate quasi per caso. Sono forse per caso a Roma, o non piuttosto per un'occasione che concerne la medesima principessa?

Avete voluto mortificarmi. Ci siete riuscito.

lunedì notte

Angeletta, trovarti è stato impossibile. Sono sceso da San Carlino col fiato alla gola e sono stato per stramazzare al suolo, quasi per cadere morto nella vasca della Fontana a Trevi. Ho creduto vederti passare fuori il portone del palazzo Albani. Eri tu? Se non eri tu, chi altri poteva essere tanto a te somigliante? Il tuo todeschino.

Vostra Grazia mi chiede della vicenda di don Sigismondo, che è già vecchia di qualche mese: – ma, certo, ancora se ne parla. La questione è di un tentato veneficio ai danni del cardinale eminentissimo Carandini, prefetto della Congregazione del Buon Governo. Un delitto grande, perciò. C'è oscurità di notizie intorno al fatto. La condanna è stata di relegazione a vita, ma si dice che Sua Beatitudine, per la dolcezza del proprio carattere, l'abbia commutata volentieri in esilio. Don Sigismondo è ormai partito.

Cosa ha fatto costui? Antonio, che sa tutto – ricordate? il mio caro servitorello – mi dice che dietro alla tresca c'è la questione francese e una trama di garzoni. Il fine era semplicemente gettare panico, o scuotere il trono e il triregno, come si dice qui. C'è una segreta, ma poi non tanto, inimicizia dei Chigi verso i Braschi. La corte dei principi nepoti affligge i Chigi per una sorta di cretinesca vanità. Dopo anni di inviti mal resi, di precedenze non ricambiate, o ricambiate ostentatamente a forza – «I papi muoiono e i Braschi passano» si dice in casa Chigi, – è nato il disegno più ambizioso: la congiura indiretta, che provochi turbamento nella gerarchia, nel segreto del governo.

In mezzo a questo vi sono le debolezze di don Sigismondo. Le sue parole volarono sulle bocche dei giovani cui dedica ogni vezzo. Per arrivare al veneficio egli doveva prezzolare qualcuno: certi garzoni, si sa, si fanno belli di conoscere le strategie dei grandi. La verità è che vi furono torture e confessioni: e il processo, alla fine.

All'eminentissimo cardinale Carandini, in sovrappiù, venne il cardiopalma.

C'è, in tutto ciò, qualcosa di comico, e qualcosa di

triste. La verità ufficiale, ovviamente, è un'altra: – e vi sono molte verità ufficiose. Forse, è vero in quanto mi racconta Antonio che don Sigismondo sia stato preso da una sorta di delirio per il potere, quasi si sentisse arbitro della stessa stabilità della Chiesa. Ha detto di volere il "diverso" – lo ha sussurrato ai propri amici, di cui Antonio è amico. Ma di quale "diversità" egli parla?

In questo, mi dico, è la reale congiunzione del fatto di Roma con i fatti di Francia: un contagio di frenesia pubblica, che deriva da un sentimento di stanchezza, di immobilità senza memoria che grava sulle menti di tutti, persino su quella di don Sigismondo.

Vorrei ancora parlarvi dei francesi. Alcuni nobili sono arrivati da Parigi in fuga. Il Legato di Francia, il cardinale, li riceve, dà pranzi, e casa Rospigliosi si è aperta per prima a essi.

Ho conosciuto, attraverso monsignor Passionei, un abatino arrivato qui al seguito del conte di Narbonne. È un giovane che parla con profondità, con appropriatezza. Dice: «I miei confratelli rivoluzionari vogliono il bene pubblico, lo vogliono con ardore: ma l'ardore, talvolta, rende ciechi. Può il bene, nel realizzarsi, distruggere la bellezza della vita?». Io non penso che la bellezza della vita possa essere sacrificata al bene: ma ciò che l'abatino chiama bellezza è forse negazione di un sentimento cristiano di fraternità che bisogna pur salvare nell'esistenza. Credo che i francesi scambino la bellezza con la sofisticherìa dei ricchi – queste mie parole vi daranno dolore, ma quali altre potrei usare? – Ebbene, questo è il loro errore. Io non so chiamare coi nomi del male quella sofisticheria: ma è vero che essa diventa, diventò, ragione di soprusi. Voi stesso avete saputo parlarmene: ricordo, parlaste di "malvagità", e ricordo anche l'occasione che vi spinse...

[*senza data*]

... alla terza notte, sopraffatto dalla paura: ciò non potrà farvi piacere. Ma sarebbe stolto mentire. Che fossi caduto in una trappola tanto semplice, mi rendeva furente. Ancora più insensato mi sembrava dover languire in una prigione senza che alcuno si facesse vivo a darmene ragione.

Quella terza notte fu tremenda, anche perché udivo i ratti stridere sulle travature con insistenza tormentosa. Agli stridori si univano tonfi che si perdevano nel buio. Mi tenevo col capo stretto alle ginocchia nell'angolo umido che mi ero scelto a ricovero; contavo i minuti, temevo che una di quelle bestie mi cadesse addosso e mi aggredisse.

Forse all'esterno infuriava un temporale: mi pareva che scrosci di pioggia si mescolassero ai rumori di cui il buio era colmo, e anche schiantarsi di folgori (...).

Mi chiedevo angosciosamente il perché di quella sorte. Credetemi: persi ogni fiducia e maledii il destino che mi aveva portato a Roma. Non fatevi scuro in volto: abbiate compassione dello stato in cui ero caduto, e che è quello di...

venerdì

Vostra Grazia ha risposto con sollecitudine alla mia lettera. Appena ho avuto tra le mani la busta, ne ho lacerato i sigilli con ansia festosa. Speravo in parole di conforto, dopo l'orribile vicenda occorsami. Invece ho letto accuse cocenti, immeritate.

Sapete dirmi soltanto che tutto è accaduto perché mi è venuto il destro di inseguire le gonnelle della signorina Carrugati. Mi dite testualmente che non potevo incappare in una sorte diversa: le sottane di una donna portano sciagura. Allo stesso titolo, anche un paio di braghe può portare sciagura.

Mi avete ripetuto fino alla nausea che soltanto il caso perverso ha fatto in modo che dalle vostre midolle nascesse provatamente una figlia. Ma se "provatamente" quella figlia è vostra, Vostra Grazia in qualche gonnella sarà pure incorso!

Osserverete che vado oziando in polemici dettagli: – vi sono costretto.

Quanto al mio caso, desidero che Voi meditiate su tutta la faccenda.

Dunque, mi trovo per via. È una giornata serena, fresca: un bel cielo lavato dalla pioggia recente dà respiro all'aria. Sono presso al cembalo di palazzo Farnese. Al canto della Scrofa c'è un mercante che vende spezie, ma nel retrobottega mette in mostra spesso qualche cartone dipinto, qualche tela, qualche sanguigna. Me lo indicò il pittore Cantarini, l'amico della signorina Angela, l'autore di quel bellissimo Apollo di cui vi parlai. Il Cantarini ebbe modo di dirmi che codesto mercante ha traffico con alcuni signori della città, e da essi riceve merce pregiata. Egli vende, o scambia, anche cammei e sardoniche.

Ebbene, decido di passare per quella bottega. Non era la prima volta che vi passavo. Vi avevo visto qualche settimana avanti una matita grassa che qualcuno attribuiva al Pussino: un angelo librato in aria, su un ciuffo di querce, mentre in alto si addensano nuvole. (In effetti, nella casa Altieri è conservata una azzurra teletta del Pussino di cui quel disegno potrebbe essere una prova: a meno che un dilettante di genio non ne abbia tratto copia con rapida e buona mano...)

Ecco: con l'estro di scoprire presso quel mercante qualcosa di buono, di godibile, mi faccio al suo ingresso. La via, in quel mentre, era deserta. Alle mie spalle sopraggiunge il frastuono di un carro. Odo un grido. Mi tiro indietro a tempo di non essere investito. Sul carro è la Carrugati: mi vede, mi fa un cenno disperato. C'è qualcuno con lei che non mi riesce distinguere. Il carro svolta verso Tor di Nona, e sembra si muova senza badare a difficoltà e a strettoie. Le grida lontane mi fanno da guida: non ho pensato che a rincorrere la meschina, del cui pericolo non dubitavo.

«Di qua, di qua» qualcuno mi urla. Mi ritrovo trafelato a San Salvatore in Lauro, e non ho dubbi che il carro possa avere inforcato il portone del cadente palazzo degli eredi Albani. «Là, là», infatti mi sento dire. Chi mi parla non pare esitare sul fatto che io fossi al seguito di quella scalmana. Sentivo le tempie scoppiare dalla fatica. Attraversai quella porta sgangherata e sempre aperta: ma nella corte cieca non c'era ombra di carrette, e c'era silenzio. Il sole attraversava in alto le finestre sghembe e abbandonate. Mi mossi con cautela, tentando disciplinarmi nel respiro sconvolto dalla corsa. Andai verso il cunicolo che porta alla terrazza di cui vi ho raccontato. Ma in quell'attimo mi sentii afferrare alla schiena da quattro braccia robuste e spingere con violenza in avanti. Provai a gridare, ma una benda mi stringe la bocca e il mento: alle narici mi salì un odore dolce e penetrante. Ci volle pochissimo perché mi sentissi stordito, perso. Con l'udito, avevo già gli occhi chiusi, percepii un correre di piedi nudi sull'impiantito. Chi mi aveva preso alle spalle si era fatto cura di liberarsi delle scarpe per sorprendermi. Ero in questo pensiero, cui la mia mente parve aggrapparsi con disperazione, quando svenni.

Tornai nei sensi che era notte. Ficcai le pupille in un buio pesto e non riuscii a distinguere nulla.

Il mattino arrivò. Un filo di luce esile correva lungo il vano di un finestrone inchiodato di tavole. Era troppo in alto perché riuscissi a raggiungerlo. Per via di quella luce potei guardarmi intorno. Le pietre dell'impiantito erano coperte di viscida sporcizia e di paglia. La stanza era vasta: una comoda prigione, quanto a spazio, vuota d'ogni cosa; ma ripugnante, quanto a stato.

Avvertii lontani rumori, forse richiami di barcaioli sul Tevere. Gridai: gridai anch'io un richiamo. Non me ne venne risposta.

Vi ho già detto delle apparizioni dei topi, delle corse che intrecciavano sul mio capo, della curiosità feroce che destai in alcuni di loro, – topi enormi, quasi gatti. Li inseguivo, cercando di scorgere per dove avessero varco. Non vidi nulla. Trovai così la porta: una solidissima porta, inchiavardata di fresco, i ferri ancora lucenti.

Battei con le mani su quelle chiavarde, sul legno di quercia nel quale erano conficcate. Vi battei fino a sanguinare. Mi rispondeva solo lo stridere dei ratti – quelle orrende zoccole che potevo respingere solo con salti e urla, un orrendo e ridicolo duello.

Passò una giornata: il filo di luce dileguò. Venne un'altra notte, poi un altro giorno, e così di seguito: sempre uguali e terrorizzanti. Nessuno che apparisse, nessuno che mi facesse ragione della prigionia.

Mi dite, quasi non credendo al mio racconto suppongo, di non capire come sia riuscito a scampare da quel luogo. Ve l'ho detto: il modo fu semplicissimo e misterioso. Al termine della quarta notte, quando avevo perso la fiducia, e sentivo le forze abbandonarmi, per l'angoscia, per la fame e la sete sempre più violente, la luce si profilò non solo sull'alto del finestrone, ma anche attorno alla porta. Qualcuno, senza che io mi fossi accorto di nulla, durante la notte, aveva fatto scattare silenziosamente la serratura. La porta era socchiusa: di là arrivava la luce, e anche un soffio tenue d'aria fresca.

Il battente si aprì dolcemente sotto la pressione delle mie dita, stavolta. Mi trovai presso la terrazza sul Tevere che conoscevo. Era l'alba. Cantava un pastore chissà dove, sull'altra riva del fiume: udivo anche i campanacci delle capre.

Scesi lungo il budello che porta alla corte e al portone. Tutto era deserto, e silenzioso: non più gli asini né i porci, e neppure eco di voci. Il portone era, come al solito, spalancato. Arrivai alla chiesa di San Salvatore dove i primi carretti dei fruttaroli scaricavano le ceste per la giornata di mercato. Ero preda di una gioiosa frenesia.

Posso dire che senza accorgermene, realmente senza accorgermene, mi trovai nel chiarore della navata della chiesa. Tremavo, non sapevo quali parole di preghiera pronunciavo, ma pregavo: pregavo un ringraziamento affannato, confuso; ero felice.

Non vi ho detto che mi avvicinò un prete: aveva una tonaca vituperosamente maculata, ma il suo viso era sereno. «Cos'è, cos'è?...» mi disse. «Un caso fortunato» risposi. «Ringrazi il Signore, figlio mio?» Accennai di sì col capo: ma provai un turbamento. Mi chiesi se mentivo. Ringraziavo certamente qualcuno, ma non sapevo chi.

A quel punto mi accorsi che avevo gli abiti insudiciati, calze e calzoni luridi, la camicia infangata Mi allontanai dal prete. Feci finta di interessarmi al luogo. Nella chiesa è in costruzione l'altare maggiore, e a terra figurano alcuni singolari marmi verdi che lo comporranno. Presi a osservarli.

«Sei un intenditore?» Il prete mi parlava. Ammirai la grana di quelle pietre. Quindi salutai e uscii, proprio nel momento in cui in una cappella cominciavano a dire messa.

Quasi fuggii: avevo desiderio di gustare la mia felicità in solitudine. La luce, fuori, da rosa che era, si inazzurrava.

Considerazioni sulla mia prigionia

Difficile confessione a Sua Grazia. Congiunte responsabilità di Angela e della Carrugati.

I fatti. Torno a casa. Trovo Antonio stravolto. Dice di avermi cercato per tutta la città. Nessuna notizia mia. Anche sparite sia Angela sia la Carrugati.

La mia sete, la mia fame. Ristoro dentro la tinozza d'acqua calda. Antonio mi guarda e dice: «Siete smagrito di paura»; poi, bravissimo, riesce a farmi ridere, a consolarmi.

Chiedo del Legato, di Passionei. Antonio risponde che non ha parlato con nessuno: – «Ho cercato di farcela da solo». Il ragazzo è affezionato, è devoto: – se c'è una misura nella quale i servi sono affezionati e devoti, la misura di Antonio è la massima.

Un po' di vino, un po' di pane caldo. Ho dormito a lungo.

Al risveglio trovo Antonio scuro in faccia. Gli dico che bisogna fare festa insieme, uscire, divertirsi. Voglio portarlo con me: sono disposto a tutto.

Antonio pare di mala voglia. Poi dice che ha saputo. Dice che la mia prigionia è stata "un avviso".

Un "avviso", per che cosa? Mi dispero. Maledico la

sorte e l'obbligo del viaggio. Antonio mi guarda spaventato. Eppure, senza questo viaggio la mia esistenza non avrebbe conosciuto la gioiosa libertà che ha conosciuto.

Vaporosi cieli italiani. Sotto questi cieli, i miei studi, ma, ancora di più, i miei sensi sono fioriti.

Davanti ad Antonio parlo a voce alta. Dico del godimento provato sulle mammole dei seni della Carrugati e di Angela: mai provato altrettanto. Dico dell'intera voluttà appresa nella vita romana: la voluttà di bere vino, la voluttà di far studio di nudo, la voluttà di avere un servo, la voluttà di girovagare senza meta per le strade, la voluttà di provare voluttà in solitudine purissima e completa.

Dico confusamente queste cose. Vedo Antonio inferocito, cupo. Urlo, prendendolo alla gola: «Parla!». E lui: «Si paga». «Cosa?» «Tutto.»

Maledetto cattolico. Dice quella parola – "tutto" – con un sorriso illividito, con un sussurro.

domenica di santa Sabina

Amico mio, scoprire che nel corso della mia orribile prigionia tu sei stato costretto a partire da Roma poiché l'Eminentissimo ti ha chiamato presso di sé, è stato per me ragione di violento disagio. Avevo, ed ho, desiderio di ragionare insieme a te dell'accaduto, confrontare supposizioni: insomma, ascoltare il tuo consiglio. Dobbiamo rimandare. Intanto il tempo incalza.

Mio caro amico, che cosa è accaduto?

Antonio ha scoperto qualcosa. Vedo, leggendo il tuo biglietto affannato, che anche tu hai saputo. Anche tu dici "un avviso". Quale avviso?

Ricordo certe tue parole: «Il principe è venuto a conoscenza, la cosa non è confortante...». Mi raccomandasti il più stretto silenzio, anche col Legato che tu conosci bene, e che d'altronde è stato il tramite della nostra conoscenza e amicizia. Ricordo come egli mi rimise a te: – «Parlate di tutto con monsignor Passionei. È un saggio».

Ho difatti scoperto quanto tu sia saggio.

Dimmi, allora: – un "avviso", e perché?

Comunque Antonio ha saputo altre cose che mi hanno turbato moltissimo. Le ha sapute attraverso Paolo, il vignarolo che talvolta viene da me a far modello di nudo. I due si conoscono bene, si intendono, e mi sono affezionati.

La strada per cui Paolo "sa" mi è sconosciuta: Antonio me la tace, ma afferma che è strada "giusta". Da emissari del principe di San Carlino io sarei stato avvistato prima che arrivassi a Roma: alle mie calcagna sarebbero state messe le due ragazze, la Carrugati e Angela; le avrebbe vinte il denaro. Per denaro, infatti, per dividersi denaro, Antonio le sentì litigare una notte: – fu una lite tumultuosa.

Con esse, ovviamente, non ho mai parlato di quanto mi sta a cuore: ma ormai mi conoscono bene, conoscono certi miei desideri, talvolta mi seguono nelle ricerche che compio con fare distratto...

Certo: ho sbagliato. Ho fatto troppo affidamento sul mio tacere con la bocca: ma per una spia – ed ho avuto alle costole ben due spie – ogni movimento è parlante, ogni gesto racchiude una notizia. Sento di essere in pericolo: e in pericolo è anche la nostra amicizia. Le due ragazze sanno della nostra mutua confidenza. Oltre che per me, comincio a temere per te, e anche per Antonio: per chiunque nutra simpatia nei miei confronti.

Temo qualche nuovo assalto proditorio. Non sono

uno spadaccino lesto e furbo. Posso dar colpi affidati all'estro, ma non ho alcuna intelligenza strategica. Talvolta mi aiutano le gambe: ma anche le gambe possono cedere.

già in ottobre

Vostra Grazia rimprovera la mia perspicacia. Non ho perspicacia alcuna. Mi necessitano buoni minuti prima che io possa dire d'aver preso possesso di un avvenimento e indirizzarmi all'azione. Sono uomo di studi, avvezzo a considerare della vita quel tanto che filtra attraverso i fogli di un *in quarto*. Che di più?

Per altro verso, della vita amo gli incontri che scaldano il corpo, che gli danno gioie anche brevi ma pregne di una fatalità che lascia echi ininterrotti. Vi stupite di quanto io stia seguendo a Roma i richiami dei sensi. Se non lo facessi, in questa città vivrei un'esulcerata e orfana esperienza.

La grandezza degli antichi ha radice nella straordinaria confidenza che essi ebbero con la natura: e la natura è corpo. Proprio questa congiunzione è stata oggetto degli studi più accurati dei filosofi.

Ebbene, se il corpo ci avvia al sentimento del sublime, a esso siamo spinti proprio dalla modestia di certe avventurette che niente paiono avere di nobile e duraturo...

Vorrei significarvi, Eccellenza, che non rinnego niente di quanto ho vissuto, anche se il mio vivere può aver messo a repentaglio la mia vita persino, oltre che la mia missione.

Voi, come di consueto, siete venuto a conoscenza di ogni cosa. Ormai non me ne meraviglio più. Vi prego, però, di rispondere a una domanda: a vostro giudizio, perché il principe mi ha "avvertito" con tanta durezza a che io cessi di interessarmi alla sorte della vostra figliola?

Quella prigionia di circa quattro giorni, trascorsi senza cibo né acqua, è stata una minaccia eloquente e feroce, di quelle ben calcolate nelle conseguenze. Il principe conosce ovviamente bene il proprio potere, e sa che qualunque cosa io possa fare non mi riuscirà di scalfirlo in niente.

Monsignor Passionei mi ha consigliato il silenzio. Quindi non parlo. Però, fra la gentaccia di piazza di Spagna, al caffè dei greci, la notizia è corsa: me l'ha detto il mio Antonio. E dapprincipio è stata confusa con una storia di sangue che ha avuto un intreccio assai simile al clamoroso delitto del grande Winckelmann.

Un giovane antiquario, anglosassone si dice, è stato ucciso da un garzone presso l'Ospizio degli Armeni. L'antiquario aveva casa in quel luogo, e frequentava la piazzetta di Santa Maria del Sole, proprio al tempio di Vesta. Là accanto c'è la bottega di un acconciaruote. L'antiquario si strinse di amicizia al garzone del carrozzaio: se ne fece dapprincipio una sorta di scudiero. Pare che, dopo averlo fatto dormire per qualche tempo accanto alla porta, se lo sia tirato in letto.

Il sospetto di un evento strano venne quando i due sparirono per tre giorni, gli stessi durante i quali ero stato reso prigioniero. I vicini del vicolo ebbero fiuto. Chiamarono le guardie. Venne sfondata la porta, e trovarono i due nudi. L'inglese era in letto con la gola squarciata. L'altro, come vide le guardie, tutto lordo di sangue, e di pelo rossiccio che era una triste figura, si piantò il coltello, che ancora aveva in mano, dentro l'ombelico, e morì dopo un lungo travaglio.

Commentavano il caso al caffè col dire quanto assurdo e singolare è stato l'avvenimento. Per un delitto, al sopraggiungere delle guardie, ci si rifugia in chiesa, a Roma: è folle togliersi la vita, quando la libertà e l'impunità sono una conquista facile. Bastava che il giovane avesse chiesto asilo all'Ospizio degli Armeni, entrando in Santa Maria Egiziaca, che ha la porta della sacrestia proprio nel vicolo, là accanto. E non è tutto: Santa Maria Egiziaca, guarda il caso, è eretta nel colonnato del vecchio tempio della Fortuna Virile; gli dei pagani avrebbero certamente soccorso il giovane dalla ottenebrata virilità. Ma egli ha preferito uccidersi. Dicono fosse offeso nella favella dalla nascita, che parlasse a fatica, e che con lui era consueto il fraintendersi: – in questo egli pativa un'acre sofferenza, e ira. Chissà in che punto i due si fraintesero, talché il rosso di peli ebbe a prendere in mano il coltello...

Ma vi dicevo che la mia storia è nota in piazza, è mormorata. Sostennero che l'ucciso ero io, e discussero se io fossi veramente tedesco o anche inglese La gente di qui ha strane nozioni sulla nazionalità degli individui. Poi mi si vide in strada. Non ero morto. Qualcuno disse che ero stato tenuto prigioniero dal garzone acconciaruote presso il cadavere dell'amico, noi due anche amici perché stranieri: – mi ero salvato all'arrivo delle guardie, per un miracolo. Alla fine si venne a sapere che ero stato, sì, in prigionia, ma non di uno sciagurato garzone mezzo muto. Si è parlato di principi, di preti, di questioni politiche, di francesi. E la cosa è al punto che il Legato di Francia ha detto sdegnato al principe Odescalchi, nel corso di una cena: «Non ho mai pensato di poter trarre prigioniero alcuno, neppure per rispetto al mio sovrano...». «Lo credo» gli ha risposto il principe: «se un sovrano non sa guardarsi dai propri nemici, il peggio è suo.»

sempre in ottobre

Il clima è quanto mai infernale. L'estate pare non scemare: se sopraggiungono geli per una pioggia improvvisa, la stessa pioggia lascia luogo, poi, a un calore inestinguibile. Al mattino sembra non esservi afa: l'afa cresce con l'andare del giorno, e si arriva alle ore meridiane addirittura soffocati.

I tormenti estivi non passano, e non passa dunque l'assalto delle pulci e delle cimici, cui, nelle notti più calde, bisogna dare la caccia col fuoco. Ho da sostenere, sempre di notte, anche l'aggressione delle zanzare. Mi proteggo in letto con un velo; ma basta che uno di questi insetti voraci vi resti prigioniero dentro, e il sonno è impossibile e il mio viso è ridotto simile a quello di un ammalato di vaiolo nel periodo culminante dell'eruzione.

Sua Beatitudine, molti prelati e cardinali passa no ancora il mese in villa, e non si può dare loro torto.

La decisione dei francesi, presa per legge, di trasformare i preti in cittadini ha sollevato grande scandalo. La curia, perché ancora in villa, tace. In città ne parla chiunque, pro e contro.

Coloro che si dichiarano in favore ho la curiosa impressione non sappiano bene di cosa si tratti. Sono felici che il regno "dei preti" sia concluso, ma nel discuterne mostrano tale voluttà e insieme tale indifferenza da rendermi certo che fuori di quel regno non saprebbero come vivere. È una forma di rettorica cittadina, questa del parlar male dei preti: e anche un'abitudine, simile a quella del genero nei confronti della suocera che gli sta in casa. Nemici e familiari dei preti, i romani non sanno che farsene della religione: ma senza i riti cattolici, e senza le chiacchiere di sacrestia, sarebbero irrimediabilmente orbi e zoppi.

Dietro la finestra del mio studio, guardando i lecci della villa Medici, ho visto una nube dorata al tramonto. Nella stanza solitaria ho avuto il segno di una funebre presenza. Ho parlato, ma non me ne è venuta alcuna risposta. La nuvola cresceva nell'aria, si dilatava: seppelliva sotto orli di bianco accecante il cielo. L'ospite taceva.

Ma chi era quell'ospite se non la mia stessa anima terrorizzata?

Tacendo, guardavo l'aria di fuori. Ho cancellato dai miei pensieri le lugubri preoccupazioni del futuro, il mandato da assolvere nei confronti di Sua Grazia e il resto conseguente. Il mio amico pittore mi consiglia di non copiare la natura dal vero, di non fare accademia di nudo; ma di studiare, copiando, la pittura di nudo; e quindi, volendo, di copiare il corpo nudo. I segreti dell'arte, egli dice, non sono nella natura, ma nell'arte medesima, e in essa bisogna apprenderli. Seguirò il consiglio.

L'amico mi sussurra che ciò gli ha confessato il figlio del grande Tiepolo. Il padre lo costringeva al disegno, facendogli copiare dettagli, braccia, mani, gambe, di una tela dipinta, di un affresco: il braccio di Cleopatra, la mano di San Gerolamo. Egli è diventato un maestro per questa via.

L'impronta della realtà è un dettaglio, se messo a confronto di ciò che rappresenta un nudo di Canova.

Guardavo la nuvola che lentamente si tramutava e si sfaldava. Il suo tessuto lieve, adesso, lasciava trasparire l'azzurro. Quanta varietà in quella nuvola: quanta mobilità. La stanza non mi sembrava più solitaria, e il richiamo dell'ospite muto non ebbe più accenti mortuari. Le chiome dei lecci erano la corrente di un fiume bruno dentro cui lasciavo annegare il mio cuore.

Antonio mi viene attorno. Anche il Paolo vorrebbe parlarmi. Ma io taccio. Non desidero allargare la rosa del pettegolezzo: della mia prigionia mi basta sapere quel che ho saputo.

La lettera di monsignor Passionei parla chiaro. Il silenzio avanti a tutto. È necessario che non giunga niente al palazzo di San Carlino sul mio conto. Paolo e Antonio, non per fare male, possono riferire: questi ragazzi mostrano gran foga nel racconto: – essi possono riferire cose, a mia difesa, che qualcuno riuscirebbe a torcermi contro con facilità. Ho spiegato questo a Antonio, e anche a Paolo: mi è parso non capissero. Ci siamo fissati faccia a faccia per buoni minuti. Poi ho pensato di risolvere la cosa con la "felice mano", come dicono loro. La mancia di un baiocco ciascuno li ha esilarati. Hanno riso con franchezza, e se ne sono usciti insieme per dire «evviva il padrone».

Che io sia il padrone non mi rincuora. Ho chiesto loro di darmi notizia di Angela e della Carrugati. Hanno ammiccato e non hanno proferito verbo.

fine di ottobre

... quasi senza volerlo. Così mi trovai possessore di un cospicuo pugno di medaglie e monete sottratte agli scavi di Ercolano. A Roma si industriano di ingannarvi, di vendervi falsificazioni di ogni sorta: e i falsari giocano al limite della farsa. Il dono che mi è stato fatto, ancorché anonimo, mi assicura Antonio, non deve mettermi in sospetto. La scatola di raso, il delicato origliere che conteneva i nastri fermamonete, dovrebbe convincermi della qualità dei pezzi.

Monsignor Passionei, chiamato da me, ha valutato ogni cosa, e ha positivamente concluso che si tratta di dono insperato e d'ottima qualità. Mi ha detto: «La vostra vicenda ha commosso qualcuno, e quel tale qualcuno ha desiderato palesarvi così la propria simpatia».

Rilessi il biglietto là dove diceva: «Avviatevi a Ercolano, lasciate questa città insicura e fetida. Convincetevi maggiormente agli studi di antiquariato, verso i quali si racconta siate portato in modo particolare».

Dissi al mio amico prete che queste parole mi sembravano equivoche: vi vedevo tradito un interesse personale al tatto che io partissi. Questa insistenza...

8 novembre

... si può entrare al Quirinale soltanto in questo giorno, senza noie di custodi, o fastidiosi ciceroni. Una folla enorme era avviata a Montecavallo: si accalcava sulla piazza, tra il palazzo della Consulta e le statue dei due colossi, si spingeva nel vasto cortile del palazzo apostolico, saliva faticosamente lo scalone. Arrivai alla cappella pontificia per miracolo. La cerimonia era cominciata. Sua Beatitudine officiava: – l'ho visto per la prima volta, e direi sia bellissimo. Una dolcissima, patetica espressione in viso: i capelli candidi, i lineamenti d'un incarnato che pare dipinto, evidentemente sottolineato da un tocco sapiente di cipria. I gesti erano umilissimi, di una umiltà quale l'ultimo prete di Roma sarebbe incapace: – si volgeva di qua e di là sull'altare, e benediceva, misurato e appassionato. Il mio dimentico protestantesimo ebbe, però, un sussulto. Ero affascinato da quella teatralità impalpabile: eppure il soffio dell'indignazione morale ebbe il sopravvento. In quella umiltà così palese c'era qualcosa di sottilmente turchesco. Di sotto la cotta scorsi la luce estenuata di due ametiste fermapolsini. Mi allontanai. Mi tenni via dalla Commemorazione dei defunti, tentando finanche stornare le orecchie dalla solennità del canto fermo che la cappella papale intonava. Delicatissime voci, ma non più supreme. Il rincaro della vita costringe i cantori, gli ecclesiastici che non calcano le scene, a doppi mestieri: è in atto un decadimento della qualità, e sono frequenti le incerte emissioni, gli accordi esitanti, le soffocate chiusure. Si cantava quella sublime pagina che è il *Miserere* dell'Allegri, e che, nella sua verità, solo la cappella pontificia può eseguire. Ascoltai, e me ne venne dolore. L'elegante semplicità si perdeva in certa evidente rozzezza. E allora? E allora mi allontanai.

Tagliai la folla. Percorsi una fuga di stanze affrescate. Silenziosi visitatori si aggiravano come me ammirando la ricchezza delle collezioni esposte. La Santa Petronilla di Guercino catturò i miei occhi. Poi venni preso, il cuore tratto dal corpo, dal San Sebastiano del Tiziano: una tela che sorpassa ogni altra per splendore. Non dirò a Vostra Grazia di che damasco sia ammantato un vescovo, di che gioielli luminosi sia ingemmato; o come sprofondino i cieli oltre la stanza in cui si finge la scena. Né dirò della dolcezza d'espressione della Santa Caterina che legge il libro offertole dal vescovo, o cosa sia il trascolorare della barba sul volto di San Pietro. Ero preso dal Sebastiano che partecipa in questo gruppo di santi alle glorie del paradiso. I suoi occhi dicevano di una strana rassegnazione a morire, di una accettazione dal profondo al proprio destino atroce: – non che la morte, in lui, si traducesse in estasi, ma essa era di sicuro il riscatto di un'intera vita e non il suo accidente terminale. Che grazia in quegli occhi: – non la conoscenza di Platone concorreva a tanta tenerezza, quanto una partecipazione ineffabile all'esistenza, un modesto sapere che si fa di giorno in giorno insondabilmente più ricco, una pietà istintiva verso le cose e gli uomini... Eppure non era lo sguardo ciò che in quella figura mi attraeva maggiormente: – era la sua nudità. L'incarnato pallidissimo, le tenui velature rosate, le rotondità ambrate delle cosce: – pensai all'espressione singolare di una malattia, una malattia che, posta contro i cieli inazzurrati e anch'essi liberamente rosati, diventava un modo della bellezza. Quel corpo così crudo, così popolano, e così ammorbidito, martirizzato eppure così pregno di vita, traduceva in forma visibile il discrimine che separa il vivere dal morire, o quell'abbandono della vita nell'amore che assomiglia imperscrutabilmente alla morte.

Ero dunque perduto nell'ammirazione di quella tela quando una voce penetrante e roca, spezzata da qualche colpo improvvido di tosse, mi dice: «Cosa ammirate di più, la fragranza del lino bianco o quella della carne nuda?». Il lino di Tiziano ha lo spessore, la consistenza che gli dà il telaio. Risposi, «La carne»: e mi voltai.

Mi guardava un uomo che poteva aver superato i quarant'anni, ma la sua maturità si dissipava in un'arsura che gli sgranava la pelle come fosse stata carta sottile. Una rete di rughe e di screpolature gli incorniciava la cornea chiara e gli occhi: una luce strana in quelle pupille, raccolta dove la palpebra va a calare verso la tempia. «Già, la carne nuda» ripeté.

Detto questo, si accostò ancora di più a me, col viso dritto alla tela. Mormorò, «Carne che non esiste in natura...». Lasciai dire: poi risposi che, per il fatto d'essere dipinta e di essere là, esposta al nostro sguardo, quella carne immaginata, ormai, era natura.

La voce sgranata rise: «Ragionate da filosofo». E ancora, «Non l'avrei creduto».

Pensai che il mio aspetto, il mio abito potessero averlo ingannato. «Avreste creduto di me che cosa, signore?»

Seguitò a mormorare fra sé: guardava il dipinto con attenzione scrupolosa, socchiudeva le ciglia. Tirò fuori di tasca una lente, e con essa percorse, quasi a spogliarlo anche del lino ai lombi, il corpo del San Sebastiano.

«Avete ragione» mormorava: – «l'esistenza è indubitabile, se non fosse per la superficie della tela che tuttavia traspare.» Tacque, e non si voltò verso me. Quindi proseguì: «Ma proprio la scabrosità del tessuto... proprio quel tessuto aiuta la carne, la consistenza della carne a esistere».

A quel punto, con uno scatto, e un sorriso che svelò i denti ingialliti, mi chiese: «Siete pittore?».

Risposi no, ma che sono tentato dall'esercizio del disegno, poiché lo slancio che provo verso gli studi antiquari mi spinge a riflettere sulla realizzazione plastica delle forme.

Avevo parlato in fretta, come spinto da un moto di giustificazione, e con approssimazione. L'uomo che mi stava davanti, e che mi fissava con una sorta di ironica avidità, tentennava il capo quasi a dir "no" alle mie parole. Me ne venne un imbarazzo, una inquietudine, che avevo tentato vincere nella corsa del dire.

«Ho capito: vi mettete in concorrenza con l'oggetto del vostro studio.»

Avvertivo una forma di disprezzo, o di incredulità. Domandai: «I vostri interessi, signore, quali sono?».

«La vostra bella età, mio caro amico, vi muove a sospetto di tutto e di tutti. Non temete.» Mi prese per il braccio, e con cordialità improvvisa, mi spinse via dal luogo del Tiziano, e ci trovammo di nuovo in mezzo alla folla che si accodava verso una vetrata aperta sul giardino e su uno spazio vastissimo, libero fino al monte Mario.

«Di giovani come voi, amanti di antichità e di tante altre cose, Roma è gradevole albergo. L'accoglienza non si può negare a nessuno. Eppure, se mi consentite, dovreste meglio ragionare su ciò che realmente vi piace e ciò che vi piace meno, anche se di poco. Lo studio antiquario non può essere confuso con lo studio della pittura intera. Tiziano è un moderno: e nel moderno vi sono vizi, e non trascurabili vizi.»

Ho soffocato a quel punto un moto di rabbia, poiché era evidente nel mio interlocutore un tono di acre neutralità, di sufficienza ecclesiastica.

Gli risposi fornendogli il mio nome: desideravo sapere con chi stessi parlando. Lui disse: «Sì, sì», quasi la cosa non avesse importanza alcuna. Anzi, rincalzò con una domanda: «Credo voi siate realmente portato agli studi antiquari: ma cosa vi spinge a essi? Parlo di quella motivazione che è solitamente nascosta alla corteccia del nostro sentire, ma che pure conosciamo, che avvertiamo nel segreto del nostro cuore, simile a un'eco dell'aria...».

Nella sua voce roca c'era un soffio persuasivo cui non riuscivo a sottrarmi. Di statura era lievemente più alto di me, di spalle più ampie: camminandogli al fianco avvertivo una fascinazione strana, quasi egli levitasse e volasse al di sopra del mio capo. Dissi: «Amo i resti della vita, forse più che la vita stessa. Amo la vita ridotta a tracce: o amo della vita soltanto ciò che può nutrire la fantasia, il sentimento».

«Tutto ciò non è serio. Vuol dire che non amate niente. Anzi, non sapete amare niente e nessuno.»

Restai sbigottito da quelle parole, – che l'uomo pronunciò più rocamente possibile. Guardai la folla che si accalcava sugli ingressi della vetrata, nel desiderio di distrarmi: – e mi distrassi realmente. Quando cercai con gli occhi il mio interlocutore, egli era scomparso, inghiottito fra i cento visi, i cento corpi che avevo intorno.

Di quell'incontro restò in me un disagio: – il disagio che si prova quando si è cacciati in un luogo la cui uscita troviamo con difficoltà.

"L'accoglienza non si può negare a nessuno": – cosa aveva inteso suggerire con queste parole, un uomo così misterioso?

Vostra Grazia comprenderà la mia ansia. Parlai dell'incontro col mio amico Passionei, e vidi nei suoi occhi un'ombra di pena.

Dunque, trascorsero altri due giorni. Imprevedibilmente il tempo si è fatto mite. I colori chiari, nella luce, si sono illanguiditi, mentre i bruni delle foglie, alberi e cespugli, hanno accentuato venature rossastre. Venne, dunque, il giorno del rito in Santa Martina.

Accanto dell'Arco di Settimio Severo, sotto il Campidoglio, c'è una bella chiesa del Maderno: è la chiesa dell'Accademia del Disegno. Vi si tengono, per gli accademici, funzioni propiziatorie, all'inizio delle stagioni.

Andai là, al mattino; attraversai gli sterri del Foro, mi sedetti al basamento della colonna corinzia, la sola che resta del favoleggiato ponte di Caligola. Guardavo gli accademici arrivare, chi a piedi col codazzo di aiuti, chi in calesse o in carrozza chiusa: – gli abbracci dei monsignorini. Si spandevano nell'aria libera le note del *Laudate* che la cappella cantava all'interno della chiesa.

C'era, con gli altri, il Passionei, che di lontano mi fece un cenno di saluto e un invito a raggiungerlo. Anzi, si avviò verso me: ed io andai verso lui. Ci incontrammo ai piedi dell'Arco, davanti al fornice basso, che è murato, e nel quale si apre una porticina, proprio sotto la gloria delle battaglie equestri.

I saluti col mio amico furono affettuosi. Mi diceva che la cerimonia era di gran lusso, e che questo lusso andava in polemica contro le recenti costituzioni dei francesi sulla secolarizzazione del clero. «Sua Beatitudine non fa sentire la propria voce sull'argomento: passano i giorni e in molti c'è sgomento.»

Monsignor Passionei mi parlava con ufficialità: era accompagnato da un Chierico di Camera. Avvertivo che l'occasione lo spingeva a una maniera di discorso che escludeva la nostra scambievole franchezza. In più lo vedevo all'erta, distratto, in attesa di qualcosa.

Riconobbi alle mie spalle la voce roca dell'uomo incontrato alla Commemorazione dei Morti: «Nulla esiste al confronto della missione ecclesiale, e il silenzio di Sua Beatitudine vale quanto la più eloquente enciclica».

L'uomo interveniva nel nostro discorso. Passionei si inchinò. Vidi che nell'inchinarsi afferrava la mano del suo Chierico e la tirava a sé: – con l'inchino i due si eclissarono.

«Siete giovane. Nutrite simpatie francesi?»

Capii che stava compiendosi qualcosa nel mio destino. Passionei si allontanava pallido, il passo indeciso, le guance lente.

Risposi sfidando. «Non ho simpatia per chi è cieco davanti a quanto avviene. I preti e i re sono ciechi e sordi. Voi dite, "i francesi". I francesi scrivono parole che hanno toccato la coscienza di molti...»

Parlavo con enfasi, precipitando negli argomenti piuttosto che decantarli. Lui era tranquillo. Disse, «Quali?» E ripeté, «Quali parole?»

«Oh, la libertà sublime» dissi io.

«Siete soltanto un filosofo. Lo notavo l'altro giorno. E un giovane filosofo, per di più. Ma accogliete in voi tuttavia qualche scrupolo. È solo per imbarazzo, per imbarazzo dell'intelletto, che avete unito la libertà al sublime. Voi sapete che la libertà è un sogno di parole, e che solo una rete di parole può darle apparenza di vita.»

«Sono questi concetti, e le azioni che ne derivano, a provocare le sciagure più grandi. – Che fiato voi, e quelli come voi, state offrendo alla rabbia di chi vorrebbe distruggere nel nulla e nel sangue la stessa libertà per la quale dice di battersi! Siete cieco come i preti più ciechi.»

Ridevano i suoi denti ingialliti. «Generosità e gioventù.»

Vostra Grazia sa che in quelle mie parole precipitate non c'era tutta la verità: la superbia di quell'uomo mi indeboliva.

«Chi siete?» Parlavo con rabbia, quasi avessi davanti a me un difficile tratto di sentiero da percorrere e non volessi.

«Venite con me, amico mio, e vi mostrerò qualcosa che potrà di sicuro interessarvi.» Mi prese per mano e mi attirò verso il fornice murato dell'Arco. «Non posso essere amico di chi mi nasconde il proprio nome.» Nella sua mano spolpata fino all'osso c'era più forza di quanto le mie gambe, in quell'attimo, potevano sostenere: venni trascinato verso la porticina, che era socchiusa sotto la gloria delle battaglie equestri.

«Chi siete?» ripetei.

«Qui è conservato qualcosa che può commuovervi, dato che niente della vita vi commuove: non è vero?»

«Ma cosa dite?»

Aveva spalancato la porta, e la richiuse. Il buio era tagliato da una lista di sole che entrava da una feritoia ricavata fra le pietre dell'arco. «Abituate gli occhi all'oscurità di qui dentro. Comprenderete presto perché non posso lasciare aperta la porta dell'ingresso.»

Si era avviato verso il fondo del vano: lo vidi scendere per due tre gradini nell'impiantito. «Guardate me» diceva. Aveva preso un bastone e lo calò lungo la parete. Proseguiva: «Ci sono più di due braccia. L'arco è interrato: doveva essere altissimo sull'antica strada del Foro. Bisognerebbe vangare tutta la terra intorno. Eppure questa terra accumulata rende visibile il tempo: il tempo che ci distanzia dalle antichità di Roma».

Adesso rideva, e riuscivo a distinguerlo nell'alone di luce che la riga del sole spandeva. «Ho qui un tesoro.» Era quasi sparito: gli vedevo appena la schiena curva, le anche tese sotto l'inquartata. Scivolò ancora più in giù, nel ventre di quella terra: poi si sollevò, e tra le mani aveva una forma bianca, un marmo. Mi ricordai di quei dannati dell'Inferno di Dante sepolti fino al ventre. «Ecco il tesoro» disse allegramente.

Una piccola testa di marmo candido apparve nella coda luminosa del sole, una testa di donna: le labbra socchiuse, i capelli spinti indietro dal vento, gli occhi spalancati sul rilievo delle gote. Il marmo era liscio, polito: il colpo secco dato alla gola suggeriva una recisione violenta, una caduta.

Domandai chi fosse. Dissi: «È un ritratto». Nella

piccola testa non v'era nulla che indicasse il reperto antiquariale.

«Un ritratto, certamente.» Fece ruotare il marmo, e sulla nuca vidi ripicchettature di incompletezza.

Tacevamo. Provavo un morso di imbarazzo, per quanto la finezza di quel profilo mi colpisse grandemente. Osservai una piega nel labbro. Quella piega, una languidezza del sorriso, mi era nota. Fu un lampo. Era quello un ritratto della principessa Marianne: – la piega di quel sorridere era la stessa incisa nel cammeo che mi mostraste prima di partire. Quell'uomo aveva fra le mani un'immagine della vostra figliola. A stento frenai un'esclamazione di meraviglia. Dovevo non tradirmi. Mi fu chiaro il disegno di un tranello. Quell'uomo chi era, infine?

Ahimè, Voi, Eccellenza, avrete già compreso con chi avevo a che fare: ma io, in quegli attimi, avevo la mente sgombra di ogni sospetto. Non pensavo gran che al mio interlocutore: – pensai che quel capo reciso fosse il simbolo tangibile di una sciagura.

Non mi trattenni dal chiedere: «Vive ancora la creatura di quel ritratto?».

«Che enfasi singolare in un giovane di studio quale confessate di essere. Sembrate atterrito, filosofo.»

Quell'uomo mi venne vicino: il marmo era scomparso dal lume del sole. «È questa testa un bel ritratto. Ma ho voluto seppellirlo qui per nasconderlo agli occhi indiscreti del mondo.»

«L'avete trovato per caso?»

«Sembrate così infiammato da dar l'impressione che desideriate impossessarvene. State tranquillo. Questa piccola testa non sarà mai vostra. Sparirà in quella sacca della terra. Sarà dedicata a futuri antiquari come voi. Stendete su essa una memoria, consegnatela all'Accademia del Disegno. Narrate che qui, nella cavità dell'Arco di Settimio Severo è nascosta un'opera di pregio, il ritratto di una gentildonna, di mano...»

«Di mano di chi?»

«Forse di un allievo del Canova? Che ne dite?» E di nuovo lasciò che i riccioli della principessa Marianne apparissero nel lampo del sole: – «Raccontate questo nella vostra memoria. Qualcuno in avvenire ve ne sarà grato».

Dette queste parole, abbandonò definitivamente il marmo alla terra: udii un tonfo sordo, e un rapido rotolare.

Con qualche gesto dovetti tradire sorpresa, paura. «Quanta passione» lui disse. Quindi ponendomi un braccio sulla spalla, facendomi nuovamente sentire, come a Montecavallo, il fascino della sua fisicità, mi avviò verso la porta. «No,» diceva «cessate di credere all'esistenza del bene nel mondo. Siete un uomo, ormai: non più un ragazzo privo di esperienza. Nel cuore degli uomini tutto si disperde, scricchiola. Cessate di scaldarvi sia per la libertà scritta dai francesi, sia per le deperibili opere dei moderni. Lasciate che il tempo muoia nella gioia che soltanto la pratica antiquariale può darvi.»

Quelle parole scendevano con profitto nei miei sentimenti, trovavano un varco facile. Quell'uomo aveva scoperto le parole più trasparenti per esprimere quello che io stesso, in varie occasioni, proprio a Roma, proprio fra i marmi del Foro, avevo provato.

«Che il tempo muoia» ripetei. Che attrattiva irreversibile c'era in quelle parole: – c'era in esse un superbo suono di addio, l'addio a tutto quanto avevo vissuto fino ad allora, l'addio alle gioie che la vita romana mi aveva dischiuso.

Eravamo ormai tornati all'aria aperta. Il mio uomo chiudeva a chiave la porticina, si voltava verso me con i suoi denti ingialliti scoperti dal sorriso. Diceva: «Avviatevi verso il sud, verso Ercolano, lasciate questa città insicura e fetida. Convincetevi maggiormente agli studi di antiquariato, verso i quali siete indubbiamente portato. Lasciate in un cantone ogni altra attrattiva».

Fui assalito da una disperazione cieca. Non poteva essere un caso che costui mi parlasse con le parole medesime che avevano accompagnato il dono di monete ricevuto i giorni avanti.

Sentii le vene gelarsi, un sudore freddo bagnarmi le mani e la fronte. «Ma chi siete, alla fine?» gridai.

«Un amico che vi consiglia per il meglio. Abbandonate questa città.»

Sorrideva; e di nuovo mi pose una mano sulla spalla: «Lo dico a vostra salvezza, per la vostra incolumità».

Lessi un bagliore di tenerezza nei suoi occhi. In quell'attimo mi voltò la schiena. Fece un cenno verso Sant'Adriano, l'edificio dell'Erario antico, e di là venne avanti una carrozza cui non avevo badato prima. Sullo sportello erano dipinte le armi della vostra figliola. Il cocchiere si inchinò: lo lasciò salire. Lui mi gettò ancora un'ironica occhiata oltre il vetro di facciata, e i cavalli partirono al trotto. Era il principe del palazzo di San Carlino, il mio nemico.

V

Seconde considerazioni

Forse il mistero è meno insondabile di quanto Hugo, nelle sue lettere, lasci supporre. Anche se il principe, erede delle fortune antiquariali del Cardinale Albani, gli ha attribuito una compiuta maturità («Siete un uomo ormai: non più un ragazzo privo di esperienza»), in lui rimaneva qualcosa della disattenzione adolescenziale.

Dal ducato baltico, il cui signore lo teneva in protezione, Hugo aveva saputo, non più di un mese prima, che la principessa Marianne era viva: – la principessa aveva dato notizie di sé, e non in forma drammatica, c'è da credere. Eppure, alla vista di quella testina marmorea, egli aveva immediatamente ipotizzato un delitto.

È probabile che in lui fosse una giovanile bramosia di avventura, il desiderio irresistibile di sentirsi implicato tra oscure trame fino al punto di rischiare un destino senza più ritorno.

Hugo è cauto. Ma perché non avvertire nella sua cautela l'accendersi di quella esaltazione estrema che per soluzione ha unicamente la morte? Può accadere a chi è giovane d'anni pensare che la morte sia appena un gioco, un gioco di intensità superiore di poco ad altri giochi. È inutile sottolineare che la morte è qualcosa di incomparabilmente diverso.

Sì, nei giorni della sua prigionia nella casa di Tor di Nona, e in quelli immediatamente successivi, Hugo ha provato il terrore di morire. Ma c'è il sospetto che egli si sentisse obbligato a provare quel terrore: obbligato, cioè, a un sentimento di maniera.

È per via del medesimo sentimento, o, meglio, della medesima maniera sentimentale, che egli, alla vista del ritratto della principessa Marianne, il capo reciso, abbia pensato a una reale decapitazione. D'altra parte, il principe ha giocato su un equivoco: ha alluso a una sepoltura evocando lugubri immagini. Hugo è rimasto in qualche modo vittima di quei facili equivoci, di quel facile gioco.

Mi pare certo, però, che questo non è l'unico gioco nel quale il principe abbia coinvolto Hugo.

Ricordo che, riflettendo su quelle lettere, e su quei lacerti di diario, era l'animo impari di Hugo a impressionarmi e affascinarmi. Vedevo nascere l'avventura poiché il giovane che la viveva si trovava situato al di sotto della possibile linea d'orizzonte di essa. Egli non la vedeva, e non vedendola ne faceva romanzo.

Non è difficile supporre che tutte le persone con le quali Hugo venne a contatto sapessero il perché del suo essere venuto in città: non è difficile supporre che il principe avesse disposto attorno a lui una rete di controllo molto più ampia di quello che sembrerebbe. Le maglie di quella rete dovevano essere assai fitte. A Hugo tutto ciò sfuggiva.

L'amico Passionei, ad esempio, doveva sapere sull'intera questione molte più cose di quanto non dicesse. Forse anche il Legato. Forse Sua Grazia medesima, là sulle sponde del Baltico, doveva saperne di più: è un'ipotesi non peregrina supporre che egli desiderasse lasciar passare al filtro dell'innocenza di Hugo l'intera vicenda della principessa Marianne per averne una sorta di conferma o anche per altro che ora conviene tacere.

Di tutto ciò Hugo ebbe talvolta sospetto, ma furono sospetti che egli stesso cancellò, preso, come era preso, dall'andare dell'esistenza verso quei fini sconosciuti che rendono il nostro vivere affascinante ogni giorno, e anche angoscioso.

Hugo vive la festa dell'angoscia, [...].

VI

novembre

... del crepuscolo: la notte si annuncia come un crescere di mare. Un mormorio quasi impercettibile sospinge le prime onde. Da questo mare emergono strane forme. È l'ora in cui pipistrelli e gufi scuotono le ali e i lebbrosi scendono in strada.

Mi disse Passionei tempo addietro, «Dagli esseri umani possiamo esigere soltanto quel che possono dare». È vero, dalle donne si può avere amore e non giustizia. Ho incontrato Angela. Non è stato un incontro casuale, anche se all'apparenza lo era.

Ero tornato alla colonna Traiana e passeggiavo sulla piazzetta della Madonna di Loreto. Oltre la colonna, dalla parte della vecchia Suburra, il cielo rabbrividiva. La sera arrivava. Mi ero fermato a osservare il corteo dei santi eretto sulla balaustrata della Chiesa del Nome di Maria. Più che predicare la novella di Cristo, i santi sembravano discorrere fra loro, prepararsi alla notte, investiti dalle ombre che piovevano sul loro capo dalla cupola. Strano teatro: – la luce morente li sollecitava. Dall'erta che porta al Quirinale calava una carrozza: il vetturino gridava, il cavallo scivolava.

Voltai gli occhi, e vidi Angela tirarsi dietro l'angolo

della chiesa, quasi mi avesse visto. Feci finta di niente, e presi a guardarmi intorno con aria disattenta.

Repentinamente, fu proprio lei a venirmi incontro. È carina, sorride, mi dice parole gentili, sospira. Non fa alcun cenno al fatto che non ci vediamo da tempo. Mi tengo sulle mie. La strada alle sue spalle sembrava una caverna di luce tremula. Sussurra di avermi sognato: poi ride sfacciata. Si stringe nello scialle di lana che la copre quasi per intero. Tra le mani ha un volume avvolto in una seta cremisi. Dice che è il libro delle gerarchie. Poi con sventatezza aggiunge: «Dioniso contro Apollo». Le domando cosa intenda dire. «Il crepuscolo è l'ora nella quale i due divini mischiano le loro chiome, si amano. Poi, Dioniso è la notte, e Apollo è il sole.»

«Cosa c'è scritto di altro in quel libro?»

«Che nell'universo esiste una recondita legge delle cifre. Basta conoscerla e si può calcolare tutto, la vita e la morte: tutto.»

La guardavo, e lei mi invita a non spaventarmi: – la vita e la morte richiederebbero un lungo studio, cui lei non si sente chiamata. Piuttosto ha studiato le cifre per quel tanto che le servono in un giro al faraone: – e ride, ride ossessivamente.

Intanto mi ha trascinato dietro la chiesa, e per un vicolo siamo arrivati alla piazza dei dodici Apostoli. Sotto palazzo Colonna c'è l'ombra della notte, ormai. Rallento il passo, e la costringo a procedere lentamente.

«Come si fa al faraone?» domando.

«Ti farei vincere: ti darei qualche avvertimento, e tu vinceresti.»

«Rifiuterei la vincita.»

«Sei tanto onesto?»

«Come mi conosci!»

Erano schermaglie, cui lei si teneva come in un

qualunque gioco amoroso. Riconoscevo fra me di quanta astuzia fosse dotata. Non trapelava niente, dalle sue parole, di ciò che poteva sapere degli ultimi eventi toccatimi. Ero ammirato.

La invidiavo. Io non ero capace di discorrere come lei: stavo in difensiva. Così commisi una debolezza. Le chiesi perché non l'avessi veduta per tanto tempo. Fu così astuta da non rispondermi: seguitò il suo chiacchiericcio cabalistico. Parlava latino, diceva «potentia et tenebrae», sempre con piacevolezza mondana.

Tutto ciò mi attraeva moltissimo: la sua frenesia mi incendiava sempre più. Dovette accorgersene. Si era fermata sotto il convento dei padri Serviti, e con passo furtivo si allontanava da me senza staccare i suoi occhi dai miei. La notte sopravveniente le dava una lucentezza di cenere ai capelli: il suo pallore prendeva lo splendore trepidante delle perle.

Ero stordito, cacciato in una zona dove i sentimenti sono vaghi ed elementari. Diceva: «Nel momento della luce occulta è la fine di ogni potere: anzi, la fine di ogni potenza». Le sfavillarono le pupille. Poi sussurrò: «Dove andrai a finire, tedeschino?».

«Perché?»

«Ti ruotano sul capo alcuni astri insidiosi.»

Le dissi accorato: «Fra quelli c'è il tuo bagliore». Ero arrossito. Chinai lo sguardo per un momento, – e lei seppe cogliere al volo quel momento. La udii dire, come un soffio: «Adieu».

Mi accorsi che la sua sciarpa svolazzava oltre la colonna del portone di palazzo Muti, sul lato opposto della piazza. La rincorsi. Ma era stata velocissima: l'androne è vuoto. Il buio occultava...

Non posso non pensare a ciò che Passionei sa. Ho lasciato passare alcuni giorni. Aspetto una sua visita, un cenno qualsiasi.

Ad Antonio non ho detto niente del mio incontro col principe: – non ho parlato Mi sono detto: è più giusto attenersi all'istinto di tacere. Ma Antonio non ha taciuto. Stamattina è venuto a sedersi ai piedi del mio lettuccio. Il Pavolo gli ha detto che qualcuno mi avrebbe visto fuori Santa Martina.

Aveva aperto gli sportelli della finestra. Tenevo gli occhi ancora chiusi. Il mattino non era ancora chiaro, e ho finto di non essermi staccato dal sonno. Mi sono coperto il viso con un braccio.

Antonio, allora, ha mormorato: «Ho qui un rotolo portato dai corrieri».

Era un rotolo di Sua Grazia, accompagnato da una lettera. Mi sono sollevato sul cuscino. Forzavo i nodi dell'involto, e Antonio ha ripetuto: «Allora, a Santa Martina».

«Sì» ho risposto: e guardavo la lettera, un breve foglio di accompagnamento. «È lui, è lui» diceva Antonio. E io, distratto: «Certo, è lui».

Mi sono ributtato supino sul cuscino. «Cosa vi ha spiegato del fatto di Tor di Nona» chiedeva Antonio.

«No, niente di questo» ho dovuto rispondergli. Il ragazzo è rimasto vicino al letto: si mordeva il labbro inferiore con accanimento.

Ecco: se chiudo gli occhi, vedo talvolta un paesaggio oscuro con rocce e montagne; penso che oltre vi sia l'infinito. Nello sfondo, sulla spiaggia di un mare nero, riconosco me stesso, una piccola figura che sembra disegnata col gessetto. È una figura immobile, penosa.

Poi mi sono deciso, e sono andato da monsignor Passionei. Ho avuto travagli di stomaco. Mi è sembrato che il mio corpo si sciogliesse: il ventre lacerato da dolori, unitamente a dolori al fondo della schiena che mi hanno portato per un giorno intero all'impossibilità di camminare.

Antonio mi ha scaldato al fuoco la camicia di lana e una coperta. Mi ha vestito e mi ha fasciato come una mummia. Anche se aveva il viso del cordoglio, mi faceva sorridere.

È venuta in camera la padrona di casa. Il fatto di vedermi quasi legato, impossibilitato a muovermi, deve averla eccitata. Ha cominciato a parlarmi di certe pitture – «minuscole», ripeteva – che ha intenzione di vendere. «Sono di grandi maestri. Ma nessuno le vuole. Non si fidano più. Ed io sono onesta.» Non ho fatto alcun conto di quelle parole: allora mi ha lasciato in pace. Antonio l'ha condotta quasi di forza alla porta.

Sentendomi meglio, il giorno appresso, sono dunque andato da Passionei. Avevo riflettuto, fra i dolori del corpo: non potevo più fingere che nulla fosse accaduto. Avevo visto come il mio amico avesse tirato via il Chierico, e come si fossero eclissati insieme.

Quando ho detto, «Vado da Passionei», Antonio ha sospirato come chi viene tratto da un impiccio.

novembre. San Clemente

... Fosse pure Pavolo l'intimo di un cardinale di curia, come vi hanno informato, ciò non incrina la sua facoltà di testimoniare e sapere cose. Anzi, come ben potete immaginare, l'aumenta. La notizia arricchisce di echi insospettati certe parole che mi ha bisbigliato in diverse occasioni.

Intendo dire questo: che nella curia, e non è cosa da poco, si sa che il principe vostro genero ha questioni, e forse dolorose questioni, con sua moglie. Non vorrei dire a Vostra Grazia che...

novembre. San Prospero

... l'ombra in cui viviamo. Così questi pensieri andarono spegnendosi in me. Ho visto chiaramente che la mia vita romana è sottoposta a scadenze che mi umiliano. Il clima di sospetto aggrava lo sconforto.

Ogni mia uscita di casa è calcolata da chi mi spia. Ahimè! se visito il Campo Vaccino, il Portico d'Ottavia, o comunque se vago per strada senza meta, ecco presentarsi un'occasione su cui, poi, devo riflettere: un incontro, una parola, uno sguardo qualsiasi, si mutano in indizi gravidi di allarme. Che pazzo teatro è la mia giornata talvolta, che scenari vi si alternano.

Eppure, se cerco di trarre un sugo da tutto questo, mi accorgo che nulla vi prende forma. Concludo che di niente devo preoccuparmi, se non di dare seguito, il seguito giusto, alle mie giornate, infoltirle di studio, di meditazione.

Ma l'ansia mi assedia: mi assedia una paura sottile, così sparsa nel mio sentire, che l'avverto insistente, continua, e ormai tanto sostanziata alla mia persona da averne dimenticato la cagione.

Ho finanche deciso di ritirarmi nella mia stanza e di non mostrarmi in strada. Ma un nuovo turbamento mi ha colto.

Ero seduto nel mio studiolo. La giornata era molle

d'umidità. Avevo le membra fiacche, addirittura stupidito il cuore. Vidi Antonio che mi fissava. Antonio ha il viso innocente e dolce. Più che uomo, ancora è ragazzo. Ma nella sua innocenza e dolcezza, egli porta l'uomo che ha in sé con una allegria speciale, quasi volesse, smentendolo, difenderlo con tutto il coraggio di cui è capace.

Guardai gli occhi del ragazzo, e vidi, in quell'attimo, quieto, silenzioso, l'intero viso denso e oscuro, l'uomo che è in lui parlarmi di una disperazione profonda e muta. Mi sorpresi a guardare con trepidazione il silenzio murato dal quale quell'uomo mi fissava. Ho sofferto. Nella parte più segreta del suo animo, Antonio mi vedeva vinto, mi giudicava vigliacco.

Ho preso, allora...

«... purché tu lo creda.» Avevo la voce rotta. Vostra Grazia avrà capito che sono preso d'affetto per il mio Passionei. La sua reticenza mi addolorava. Gli dissi, «Non vuoi parlare».

Passionei soffre di attacchi asmatici. È costretto a bruciare erbe nella stanza quando la crisi sopravviene violenta. Nella sua camera, quel giorno, discutevamo avvolti da una nube acutamente profumata. L'amico aveva gli occhi arrossati, il naso gonfio, slacciato il colletto della tonaca: pareva disfarsi nella fatica del respiro. Mi rispose stentatamente: «Non so niente che tu non abbia intuito. Faccio ipotesi, soltanto ipotesi... Il principe ti sorveglia a distanza». Evento prevedibile, anzi ovviamente prevedibile, intendeva dirmi quel buon uomo: con questo egli si proponeva tranquillizzarmi. È anche ovvio non vi riuscisse.

Sono andato dal Legato. A lui non ho voluto dire dapprincipio nulla. Sono andato a trovarlo il giovedì successivo al mio incontro col principe. Era giorno di ricevimento. C'era il vecchio signore di Sermoneta che ha risposto al mio saluto con fare affabile. «Avete notizie di un giornale che si pubblica a Roma e che simpatizza per gli anticristi?» Mi parlava con un lampo di incredulità nello sguardo, e una sostanziale, sublime indifferenza.

«Il solito foglio» gli risposi. «Lo leggete?» «Mi è stato mostrato al caffè dei greci.» Si avvicinò col capo al mio orecchio: «A me non lo mostrano».

Scartai l'intero discorso e gli chiesi: «Se voi foste spiato da un nemico, come vi comportereste?».

Con l'unghia orlata di nero il principe andò a sgrommarsi l'occhio cisposo, poi si raschiò la gola e confuse le sue parole nel brontolìo del catarro: «Che nemico?». «Un nemico potente, cui siete motivo di irrequietezza o di...»

La mano del principe mi afferrò per un braccio e mi trascinò presso una poltroncina. Là, ostentando le sofferenze più atroci alle membra, il gentiluomo si sedette. «Questo vostro nemico ha la giustizia dalla sua?» Non gli risposi subito a tono. Lui riprese: «Dico "giustizia" così per dire, intendiamoci».

«Forse, contro di me, egli difende alcune ragioni quanto mai intime.»

«E voi, contro di lui, cosa avete da opporre?»

«L'obbligo di una missione.»

«Soltanto?»

«Soltanto.»

«Se la vostra è una semplice questione d'onore, è facile liquidarla con poco. Anche con una confessione. Rimettete il dilemma al padre confessore e vi libererete dai nemici e dai timori conseguenti.»

«Ma io non sono cattolico.»

«Risolvetevi ad accettare ogni rischio, allora. Cosa

volete da me!» Dimentico di ogni malanno, si alzò spedito dalla poltroncina e mi voltò la schiena.

Dovevo parlare con il Legato, allora; e gli parlai senza preamboli. «Sono minacciato» gli dissi.

Uomo di mondo, il Legato ha avuto l'amabilità di non rispondermi. Mi guardava col suo mezzo sorriso. Mi ha parlato di certe ametiste incise che aveva avuto occasione di vedere. Mi ha detto di averle raccomandate a Vostra Grazia. Ha aggiunto: «È necessario vedersi presto». Nel dirmi questo non sorrideva più: mi guardava con intenzione preoccupata, – così mi parve.

fine novembre

Vostra Grazia ha sconvolto il mio animo. Prima che mi arrivasse quest'ultimo biglietto, pensavo a una incredulità. La mia disavventura – pensavo – non era stata valutata nella sua intera portata. Ho sofferto molto in queste recenti settimane: – ho cercato di farlo comprendere a Vostra Eccellenza: se non vi sono riuscito, è certo colpa mia.

Ma ora, nel leggere le parole che mi scrivete, le asprezze con le quali le sottolineate, dentro il mio animo resiste scarsa fiducia. Alla prova della vita – mi dite – ho ceduto.

Ricordo benissimo che mi avete parlato di rischi: – la mia missione era rischiosa, la mia sopravvivenza si sarebbe trovata quotidianamente in bilico. Ricordo tutto con chiarezza. La vostra fantasia aveva fatto in modo che ci incontrassimo cavalcando sulla lunga spiaggia bianca che trattiene i marosi del nord lontano dalle nostre campagne. Su per giù ci incontravamo negli stessi luoghi dove mi vedeste per la prima volta. Ricorda Vostra Eccellenza quella sera di bufera, quando un giovanissimo studente di teologia, in fuga dal seminario, fradicio di pioggia, venne dalla vostra carrozza raccolto sullo stradone che costeggia il mare e portato all'asciutto sotto un tetto? L'acqua veniva giù a nembi: il giorno non era ancora morto, ma la luce, nel diluvio, era soffocata. La striscia della strada era sconvolta dal fango. Udivo il fragore del mare: – quello, l'unico riferimento che i miei sensi coglievano. Ero bagnato fino alle ossa. In quel grigio impenetrabile vidi, all'improvviso, sorgere davanti ai miei occhi la massa oscura dei cavalli: – procedevano lentamente, e ingigantirono come mostri d'inferno. Nitrirono: la mia presenza imprevista dovette turbarli, come io ero turbato dalla loro. Mi vennero rivolte domande dai cocchieri: – urlai le mie risposte sotto lo scroscio dell'acqua. Si schiuse poi lo sportello, e venni fatto salire. Eravate lì, nell'asciutto, solo in quella cella foderata di velluto. Mi diceste stizzito di togliermi i panni di dosso, poiché vi avrei schizzato di fango e avrei bagnato tutto: – ricordo l'espressione di raccapriccio del vostro viso. Era un eccessivo raccapriccio: non potei che eseguire l'ordine. Mi diceste che avrei potuto coprirmi con una cappa di pelliccia, – l'avevate al fianco sul vostro sedile. Esitavo, e voi vi faceste imperioso.» I panni, giù dallo sportello!» urlaste. E io mi scollai dalle membra intrise la mantellina, gli stivali e il resto. Ero ossessionato dal frastuono della pioggia sulla carrozza. Ero sconvolto dal pudore: i miei gesti impacciati vi irritarono ancora di più. «Vuoi ridurre il tappeto un pozzo d'acqua?» E poi, «Anche le brache, via!».

Tremavo, feci un fagotto dei panni, e lo rinchiusi nella cassetta di un sedile. Mi guardavate. Intesi la serietà profonda del vostro sguardo. Non sapevo chi foste. Il vostro abito era onesto e borghese. Le vostre mani finirono di asciugarmi.

E poi? Una volta arrivati al castello, alla Nordertor, capii che era accaduto alla mia vita qualcosa di inusitato. Prima che la carrozza si fermasse, mi diceste di fingere il sonno più profondo: acconsentii, e tutto fu irreversibile.

Ricordate questi avvenimenti? Certo che sì, se, quando mi imponeste il viaggio in Italia, il distacco doloroso, mi chiamaste su quella stessa strada a colloquio. Il mattino era sereno, i nostri cieli profondi calavano limpidissimi all'orizzonte sul mare perlaceo. Mi parlaste dei pericoli che avrei dovuto affrontare in questa città, – ma sorridevate. Il vento lasciava svolare i lembi del mantello lontano dalle vostre spalle. Le vostre parole, nonostante tutto, erano rassicuranti. Vi dissi entusiasta di sì.

Oggi posso ripetervi che non ho paura di morire. Ma quale è la necessità della mia morte eventuale? Questa vi potrà sembrare un'ironica domanda. Per me non lo è.

E ancora: – quando avrò compiuto la mia missione, cioè quando avrò visto la principessa vostra figlia, che seguito dovrò dare a essa? Mi diceste: – vedere lei, e decidere il da farsi, sarà tutt'uno. Ho capito, per l'andamento che hanno preso le cose fino a ora, e per il giudizio che esprimete sul mio conto, quanto diversa sarà la congettura. Mi pare chiaro che io non potrò prendere alcuna decisione. Forse non varrà la pena che io ne prenda.

Non vi dico parole oscure: ma la semplice verità. Comunque, è vero, avete ben compreso lo stato in cui mi trovo: non mento più, o, meglio, non vi mento più. A chi tornerebbe utile la menzogna?

.....

La dama della viola del pensiero nei capelli incontrata nel mese di settembre presso il Legato. L'ho incontrata di nuovo, in una bisca stavolta, in una casa laida, nel mezzo di un confuso affare.

Ero andato alla Maschera d'oro, portatovi da un giovane francese conosciuto al caffè dei greci, – mi era stata promessa una tavola di faraone, e qualche cosa d'allegro. Le mie serate, negre di tristezza, dovranno pur schiarirsi.

Entriamo in una stanza tutta fumo di sego. Due tavoli. Presso uno è accesa una disputa, – facce tristi, incanaglite. Solo una, bellissima, splende: è lei, con una veste cremisi che abbaglia, e che il merletto avorio sul petto fa scandalosa in quell'ambiente avvelenato.

È lei, gli occhi lucenti che già le conobbi, a urlare: – e urla contro un orbo, grasso, fetido, che le sta seduto in faccia. Capisco che c'è in questione una vincita dimezzata: la si accusa di aver raccolto più monete del dovuto. L'orbo la insulta: grida che l'abito di lei, «prezioso» – ma pare intenda tra le bave che spurga, il contrario, – «gli batte il cazzo».

Interrompo a voce ferma: «Faccio fede io per la signora».

Si fa silenzio nella stanza. Anche all'altro tavolo non si gioca più, e tutti mi guardano come fossi un folle.

«Sono garantita» dice lei, e si alza dal tavolo con un sorriso. Ripete, muovendosi verso me, che sto ancora presso l'uscio: «Ecco, sono garantita».

La casa ha una tenutaria. Il mio conoscente la va accarezzando: è una donna d'età con qualche pelo grigio intorno alla bocca, una donna da trivio invecchiata, serena nei modi. Mi dice: «Uno straniero non può sapere che rischio corre nel rompere una lite». Poi si volta verso la dama in cremisi che adesso mi è vicina: – «La signora può lasciare, però, la sua buona mano al tavolo che abbandona. E tutti siamo amici». L'orbo grida che non è amico di nessuno.

Gli risponde la tenutaria, e la sua voce pacata dice: «Stasera siamo amici, e anche domani. Sono amica io dello studente». Con un braccio mi prende per la vita, e sento arrivarmi la bocca, i suoi peli ispidi, sulla guancia. Tutti ridono.

A quel punto, però, la dama mi ha già trascinato con sé oltre la porta, e, fatti i pochi gradini che ci separano dalla strada, siamo tra la Maschera d'oro e l'Arco di Parma. Là c'è una portantina. Con essa siamo condotti via di buon passo.

Sussurro alla donna il mio nome. E lei dice di ricordarsi bene di me. Aggiunge, «Ti sono grata». E mi stringe la mano con una mossa voluttuosa, tanto che mi infiammo. La ricambio prendendole entrambe le mani con le mie, e vi affondo il viso dentro. Vi fu un sobbalzo imprevisto, e io mi trovo quel fiore di gentilezza tra le braccia.

Tutto accadde così rapidamente che mi pare non averne ricordo. Le dissi, «Sono sbalordito di trovarmi insieme a te». «Che gioia» disse con squisita malinconia.

La portantina andava. «Dove siamo?» «Alla vigna» rispose lei. Di lì a poco ci fermammo e scendemmo su uno spiazzo a terrazza, presso un casino circondato di lecci.

Chiesi ancora, «Il tuo nome?». Madama portò l'indice alle labbra e mi zittì.

Ci guardammo, e per dissipare ogni ombra, con grande cortesia, la sconosciuta mi propose di fare un giro. La notte lasciava intravedere le cose, e sembrava velarle solo per dare più agio all'immaginazione. Il casino mi parve ricavato dentro il bastione di una fortezza demolita. Oltre i lecci stormiva il folto di un frutteto. La balaustra della terrazza era assai antica e non restaurata, i capitelli che vi mancavano erano stati sostituiti da mattoni: la notte superba schiudeva occhiaie brune fra il fianco delle pietre levigate, e accresceva così il pittoresco del luogo.

«Ancora sbalordito?»

«Avete avuto un fremito nella schiena, la sera che vi vidi in casa del Legato: non l'ho più dimenticato.»

«Un prodigio è avermi incontrato di nuovo.»

Era infatti un prodigio.

«Vorrei sapere di più. Ma, poiché ti chiedo di ignorare tutto di me, debbo impedirmi ogni domanda.» Sorrideva.

Continuavamo il nostro giro sul terrazzo. Gli uomini della portantina si tenevano discosti. Dal casino venne un lume, si aprì una porta, intravidi un ingresso e una donna con una cuffia bianca che sollevava una candela in aria. Mi fermai. La sconosciuta si abbandonò al mio braccio, e riprendemmo il giro in silenzio. Cominciai ad avvertire il morso dell'umidità sotto i panni. Lei si fermò in prossimità della porta d'ingresso al casino. La donna con la cuffia si avvicinò a noi: nel barbaglio della candela le vidi un volto giovane, irreprensibile. Restammo ancora in silenzio, io in attesa.

Pensai che dovevo allontanarmi. «Posso sperare d'incontrarvi ancora?» Non potevo rivolgermi a lei con confidenza, dopo che aveva deciso di tacermi il suo nome.

«Questa donna potrà raggiungerti e portarti un messaggio. Ma dove?» Indicò la donna con la candela in mano.

Il freddo aumentava. Le diedi una risposta vaga: – la donna chiedesse a piazza di Spagna di Antonio, il giovane del tedesco. Ebbi il timore di trappole nuove, di nuovi infortuni, e nuove prigionie.

Lei capì. Disse: «Ero in torto io in quella casa, stasera. Ho rubato, e tu mi hai salvata».

Si era afferrata alle mie mani per parlare, sempre con quella voluttà accattivante che ormai le conoscevo. «Perché sei andata là?» La mia voce le dava del tu di nuovo.

«Non bisogna impedirsi la pratica libertina, anche in una città santa come Roma.» «Ma la situazione, là, si era fatta brusca.» «Non più che brusca, però.» «E se non fossi arrivato io?» «Bene: tu chi sei?»

Mi feci malinconico. A quel punto la sconosciuta mi portò dentro la casa.

Eravamo in una vasta cucina: un vasto camino, e gran parte del pavimento era invasa da piccoli pomodori rossi sparsi a seccare. Sedemmo a un vecchio tavolo, e la donna con la cuffia bianca vi depose la bugia con la candela. Poi portò due scodelle di creta, due bicchieri e li riempì di vino bianco. La sconosciuta mi dice: «È cannellino».

Eravamo in silenzio, e la donna ci servì nei piatti due sgomarelli ciascuno di trippa calda.

«Mi chiamo...» La interruppi, e dissi, «Viola». «Viola?» «Avevi una viola sulla fronte la sera che ti ho conosciuta.» Rise di cuore, e disse che considerazioni simili non ne aveva mai udito: «La tenerezza è una strada arrischiata».

«Il tuo nome è Viola.» «Il mio nome è Paolina.»

Trascorremmo in queste schermaglie il tempo della cena. Il vino era fresco, e ne bevvi in abbondanza. Mi passò la malinconia. Il camino era acceso e vi buttai della legna per rinforzarlo. La donna della cuffia bianca ci aveva lasciati soli, e noi due andammo a riposo su un sacco riempito di foglie di granturco steso su un tavolato, in un angolo dello stanzone.

La candela languiva. La mia Viola era dolcissima, sottomessa, appassionata. Sotto di noi i cappucci secchi delle pannocchie scricchiolavano, accompagnavano i nostri gesti con una musica aspretta. I ricami della camicia di Viola contrastavano col sacco rinacciato su cui giacevamo, ma lei era allegra, e padrona.

Fu allora che non potei più...

8 dicembre

Vostra Grazia ha saputo che sono uscito assai presto di mattino dal recinto della vigna Muti. Era un'alba fredda e umida, e cercavo un riparo. Dalla vigna a via Margutta, la strada è lunga. Ho attraversato l'Esquilino su un carretto tirato da due cani, due dolcissimi bastardi cui non necessitava alcun incitamento per camminare. Era il carretto d'un pastore che portava il latte a piazza di Spagna. Vostra Grazia ha saputo anche questo?

Non dico di essere innamorato della marchesa, per quanto provo un vivo desiderio di starle quanto mai vicino. Ma la marchesa, della cui ebbrezza libertina sarebbe sciocco tacere, non è molto disponibile a me. La sua vita è complicata, e forse è bene lasciarla alla sua complicatezza. Si dice sia amata con foga, con follia, da uno dei primi consiglieri di Cancelleria; si dice che il suo matrimonio sia "rato e non consumato": deve rispettare alcune forme; ciò non le impedisce di contravvenirle se assalita, come spesso avviene, dal suo demone, il gioco al faraone o altro di simile.

Comunque, devo accontentarmi. Scrivo a Vostra Eccellenza queste cose per un dovere di chiarezza, ma anche per dare notizia di alcuni avvenimenti non trascurabili ai nostri fini.

Sul filo delle minacce ricevute, dei raggiri di cui sono fatto segno, ho pensato che niente ho da perdere, scantonando alla paura di perdere la vita. Ho parlato con la marchesa, le ho confidato ogni cosa, considerando il tono con cui ella confidava a me molte cose della sua vita.

Dapprincipio avevo avuto timore di aprirmi: ho cercato simulare. Poi ho deciso – dovrei dire, ho capito: – era inutile fingere, perché in questa città, come le vostre lettere mi hanno testimoniato fin dai primi momenti, tutto si viene a sapere. Meglio la verità, dunque.

La marchesa ha preso assai bene le mie confidenze, e ha detto che voleva farmi un dono, per provarmi quanto le fosse chiaro lo sforzo che avevo compiuto parlandole. La marchesa è persona di estrema generosità.

So che Vostra Grazia a queste parole non si terrà dal sorridere: ma la generosità del corpo – su questo il vostro capzioso sorriso indugerà – è parallela o è specchio a quella dell'anima. Tali concetti io li ho appresi presso di voi, da voi...

La mia condizione è quella di chi è spinto a desiderare di sapere. Forse l'inverno sopravvenuto ha mutato il corso dei miei pensieri. Se prima obbedivo tutto intero al comando affidatomi, oggi mi muovo per istinto a dispetto: – mi domando, perché tanti impedimenti vaghi e inafferrabili congiurano contro la riuscita del nostro progetto? Districarmi fra quegli impedimenti è ciò che più mi appassiona.

Dunque, la marchesa mi ha fatto un dono. Ha fatto in modo che io fossi ricevuto dal duca don Riaro e dalla duchessa donna Prospera, zii per via materna del principe vostro genero.

Sono stato in casa del duca nel palazzo Quarantotto, non troppo distante dal cembalo del palazzo Borghese. «Sono vecchio» mi ha detto il duca: – «Una volta mancava qui intorno tanto frastuono di carrozze. Da quando la strada Condotti è stata lastricata a sampietrini, non dormo più. Non so che accidenti di stridori le ruote ricavino dal selciato...».

Seguitò a lungo su questa lamentela. Don Riaro era in letto: un lettuccio disordinato, protetto contro il gelo in una cameretta lignea, dipinta, accostata all'angolo di un vasto salone scaldato con un camino di misure inique. Faceva freddo in quel luogo, a scorno del poco di legna che ardeva sugli alari.

Il duca aveva il capo avvolto come un pirata da un fazzoletto di seta a fiori azzurri e verdi: foltissime le sopraciglia bianche, che nel parlare con me si tormentava con tale vigore quasi fino a strapparsele. È sordo, e gridava all'improvviso, «Che?» con un'ira che indeboliva la mia attenzione e i miei desideri.

Era mattina, ma la luce in quella sala era scarsa: ancora più scarsa nella scatola di legno che racchiudeva il letto.

Le braccia magre, la pelle bianca e arsa, macchiata di uno strano color cuoio, uscivano dalla camicia lacerata: – sulle spalle il duca aveva una semplice pelliccia di pecora appena conciata, stretta al busto da due lacci che gli si incrociavano sotto le ascelle. Un'altra pelliccia simile, irrimediabilmente ingiallita, gli teneva caldo sui piedi.

Parlammo di vario argomento, un discorso che non approdava a nulla di conclusivo. Temevo d'essere andato là a vuoto. La marchesa – sapevo – aveva detto qualcosa a don Riaro sulla ragione del mio soggiorno romano, e mi aveva consigliato di avviare parola in proposito soltanto su richiesta di lui. Per ora l'oggetto della conversazione fu dei più vaghi.

Pervenimmo poi a parlare del nostro ducato e del suo clima, del mare rabbioso e del freddo invernale. Su questo il duca ebbe a dire, «La mia nipote acquisita usava raccontarmi di quei luoghi».

I suoi occhi, sotto le sopraciglia, mi spiarono pungenti. Mi feci coraggio, «La vedete spesso?». Don Riaro mostrò di non avermi udito: chiese, gridando, «Chi?». «Che?» Tacemmo per più di un istante tutti e due. Quindi ripetei la mia domanda strillando le parole.

Il duca tossì, fece cenno di no con la testa, sbatté fra loro le ossa delle sue dita. Io dissi, il più chiaro possibile, «Vorrei incontrare la principessa Marianne».

Ero seduto su uno sgabello accanto al letto di Don Riaro, sotto il tettuccio di legno. Avevo in vista, dell'intero salone, solo uno spicchio voltato verso la finestra. Udii un frusciare di vesti dietro lo stipite che avevo alla sinistra: sporsi il capo fuori. Vidi una donna vecchia, che si teneva il più possibile dritta appoggiandosi a un bastone di ciliegio grezzo: portava una pellegrina di lana nera. Nessun merletto o gala nell'abito, altrettanto nero e frusto.

Il naso affilato, un vezzo di trucco sulle labbra, sbaffato e mezzo cancellato, un tremolìo continuo del capo e un tenue sorriso col quale sembrava volerlo dominare. Le pendeva sul petto una catenella d'oro, trattenuta a un fermaglio di smeraldi, – due smeraldi che brillavano incongruamente su quel panno liso, sbiadito. Aveva uno sguardo accecato, le sclere opache. Mi alzai per inchinarmi. La voce appassita di don Riaro mi disse di tirare il paravento.

Non avevo visto alcun paravento. Mi guardai intorno, e don Riaro, con un sospiro rauco, seguitò a dirmi che il paravento era alle mie spalle. Appoggiato alla protettiva parete di legno c'era infatti un telaio ripiegato su cui era stesa una seta canapa ricamata a fiordalisi: – feci dunque per aprirlo, ma a quel punto, con la mano in avanti, come per impedirmi il gesto, la vecchia mi arrivò vicino. Disse: «Cosa dicevi di Marianne?».

Don Riaro si drizzò sul cuscino. «Niente. Basta» urlò.

La vecchia era donna Prospera: la salutai finalmente con un inchino. Ma la duchessa guardava il marito, e il tremito del capo le si era fatto più violento: non sorrideva più.

Don Riaro cominciò a tossire: a ogni colpo di tosse lanciava uno sputo in terra. Dissi che ero pronto a qualsiasi aiuto, e lui, risucchiando la voce dai polmoni, protestò di star magnificamente. Poi voltatosi alla moglie, ansimando, chiese, «Che?». E lei scandì, «Marianne».

Tacevamo tutti e tre: avevo offerto il mio sgabello alla duchessa, ma lei sembrò non avesse visto il mio cenno.

In piedi lei ed io, assistemmo al placarsi della tosse di don Riaro. Poi il vecchio mormorò qualche parola incomprensibile, e finalmente capii che diceva: «È una faccenda delicata. È una matassa da sbrogliare, poi non così imbrogliata... Basterebbe andare là, un viaggio a cavallo: per un giovane è un divertimento».

Donna Prospera mi tirò accanto alla finestra. Parlava senza guardarmi in faccia. «Da quando Paolina mi ha detto che c'era qualcuno che cercava Marianne, ho pensato che bisognasse mandarlo là, a vedere.» Chiesi, «Là, dove?». Ma donna Prospera non mi rispose.

Imprevedibilmente, dal fondo della sua stanzuccia di legno, il duca aveva sentito. Urlò: «Ci penserà Dio. Noi no». Donna Prospera mormorò: «Chissà come può pensarci Iddio».

Tacevamo di nuovo quando il nostro silenzio fu interrotto da un suono leggero di oboe che veniva da una stanza interna. Il duca disse il suo rituale «Che?» e la duchessa gli rispose semplicemente, «È Vincenzino». Lui ci voltò la schiena e disse brusco «Portalo di là, allora».

Donna Prospera mi fece un cenno col capo, e la seguii nell'altra stanza, poi in un'altra appresso, uno spogliatoio, un salottino, e ci fermammo in uno studiolo buio dove un giovane bellissimo, senza parrucca e i capelli neri sciolti, si esercitava all'oboe, aiutandosi a leggere lo spartito con un lume che spandeva puzzo d'olio.

Ci fermammo presso la porta, il giovane ci vide ma non fece indirizzo alcuno verso di noi. Aveva occhi scuri e brillanti, ornati da ciglia folte, e nota per nota li socchiudeva lievemente. Il soffiare nella cannula dello strumento non riusciva a deformargli la linea delle gote: i suoi lineamenti rimanevano gentili. Suonava con grazia ingenua, seppure non con alta ispirazione.

Ero imbarazzato. Non sapevo quale atteggiamento assumere, ma ero sollecitato da una curiosità che l'assurda conversazione con don Riaro aveva violentemente accesa. Non seppi tenermi, e, mentre il giovane continuava il suo esercizio, tirai – proprio tirai con un gesto secco – donna Prospera dietro la porta e le chiesi guardandola dritto negli occhi, «Dov'è la principessa Marianne?».

La poveretta era incespicata nel suo bastone: l'avevo sorretta per le braccia: – in quell'attimo le avevo parlato. Rispose, «La mia dignità, signore», con un tono che non lasciava dubbi sulla sua alterigia. Allora feci il nome di Vostra Eccellenza Ill.ma, e donna Prospera chinò il capo con garbo reverente, ma non aggiunse...

prima ora di notte

Venuto il musico di palazzo Quarantotto. Continua a rivolgersi a me in francese. Parlato con molta dolcezza di don Riaro: – dice essergli cugino. Chiestomi accompagnarlo oratorio Gonfalone. Nel cammino è venuto alle sue labbra il nome Carrugati. Mi sono sentito tremare. In casa mia, poco prima, aveva visto l'inconfondibile ritratto del cane carlino da lei dipinto. Lui diceva, «Dolce creatura. Creatura di gelo, avida ma graziosissima». Ho detto: «Di quale dolcezza?». E lui: «Quella della carne». Rise.

Giovanotto gradevole: abbiamo su per giù la stessa età. Gli ho esposto che è mio dovere seguirlo: «Sono imbarazzato» ho aggiunto: – «voi andrete a Santa Maria Velata, e non potrò non essere con voi lungo valli e colline».

Pioveva. Qualche fuoco sotto le case dei Sacchetti riparato dai teli di pioggia. Veniva la sera, ed era una sera trista, ahimè, come nessun'altra per me. «Dovrei accompagnarvi» dicevo. «Amico, amico...» rispose, e mi strinse il braccio con un trasporto adulto, quasi mi proteggesse. Di lì a poco eravamo al Gonfalone.

... dicembre

... poiché Vostra Eccellenza Ill.ma lo ha chiesto con urgenza. Avrei comunque scritto sollecitamente. Il viaggio verso Santa Maria Velata non è ancora che un progetto. Sono turbato a parlarne. Non ne ho parlato nemmeno col mio Antonio. Temo egli possa lasciarsi sfuggire, nelle sue chiacchiere di piazza, qualche parola.

Ho letto con vera gioia le richieste che mi fate intorno ai miei studi. Tutto congiura perché io tralasci ogni cosa. Invece, nonostante la condizione di allerta in cui sono caduto, le mie divine occupazioni hanno vita dentro di me.

Ho ragionato con scrupolo. Ho detto a me stesso che se mi fossi lasciato distrarre, e mi fossi abbandonato alla frenesia dell'attesa, avrei fatto insorgere sospetti, sia in Antonio sia in monsignor Passionei. Il quale mi frequenta con la consueta amicizia, ma fra noi non c'è più discorso per quel che concerne la vostra augusta figliola. Non faccio più cenno con lui né del palazzo di San Carlino né d'altro che possa sfiorare l'argomento. Mi occupo con sollecitudine della sua collezione di pietre, e passiamo la sera, anche spesso, leggendo e commentando i classici greci e latini.

Il mio silenzio trova cortesissimo rispetto nell'amico monsignore. È un silenzio che talvolta interrompo con qualche sospiro, con qualche indirizzo affannato, dicendo, «Voi sapete che la mia mente è preoccupata, ma parliamo d'altro. Volete?». E l'amico, col volto di chi vuole soccorrere a imponderabili difficoltà, risponde, «Sono qua per questo».

Vorrei dirvi, con una qualche apprensione, che dal giorno in cui fui a palazzo Quarantotto non ho più incontrato né ricevuto notizie della straordinaria Paolina. Ho condotto qualche segreta...

terza ora di notte

Come posso dimenticarmi di Angela? Stremata, infreddolita, un abituccio leggero che non la riparava dall'umido implacabile di questo cielo, è arrivata in casa. Era già scuro. Antonio non è riuscito neanche ad avvisarmi e lei era nella stanza: mormorava, fra il pianto, «Vorrei vivere ancora».

Ho pensato a concrete minacce che le fossero state rivolte. Il suo pianto era infrenabile. Dissi, «Di quale morte parli?». «Non solo di me o di te. Ma di tutto. Segni atroci. La mia scatola di coralli: tutti morti. Segni atroci: i coralli senza vita, all'improvviso: sono segni atroci.» E piangeva.

Sapevo del suo turbamento per una prossima fine della vita o fine del mondo. La sua nervosa allegrezza vi aveva già fatto cenno. Era la prima volta, però, che ne parlava con accenti tanto straziati. Fra i singhiozzi mi guardava di sotto in su. Diceva, «Scappa, torna nel tuo paese. I freddi del nord ritarderanno le fiamme». «Quali fiamme?» «Le fiamme del Giudizio!»

Quegli sguardi di sottecchi, quelle parole così irreparabilmente dissennate: – «È una commedia» le dissi. E poi: «Vuoi mandarmi via da Roma? Ne hai ricevuto incarico?».

La ragazza viene presa da un accesso di furore. I suoi capelli biondi si scarmigliano: – sorridendo le dico, «Piccola strega». Lei mi si abbatté contro con i pugni. Era deliziosa.

Antonio guardava la scena, ed io guardavo Antonio di sopra il capo di Angela: sorridemmo insieme. Quella furia era eccitante.

Difatti non riesco a trattenermi: accenno ad Antonio perché sparisca. E Antonio fa gli occhi molli: dice, «Attento». Poi socchiude la porta e vi scivola dietro. Potei rapidamente godere di Angela, che si lasciò condurre a un vertice di voluttà pur seguitando a piagnucolare sulla fine del mondo, sui pericoli che correvamo insieme, e sui ghiacci del nord che avrebbero raffreddato le fiamme del giorno del Giudizio. Quindi, placata, mi dice di intuire certi miei progetti. «Quali?» domando.

Notizia

Santa Maria in Velata è la villa di campagna dove don Marcello pare rifugiato. È con lui la princ. Marianne. Ma altri sono con loro. Tutto il resto mi è ignoto. Impossibile raggiungere il luogo se non con una guida.

Villa di campagna: – valle Tiberina, oltre Sant'Oreste, e prima di raggiungere il paese di Giove...

Minuta di bilietto

(...) È così malato, dissanguato da salassi e intisichito dai bagni della dieta e dal letto, ho sacrificato, cionondimeno, a me stesso. Ho preso la cioccolata alla una, e mi sono rintanato strettamente fra le coperte dove ho delirato soavemente fra la veglia e il sonno. Alle otto ho incominciato ad addormentarmi davvero. Antonio mi ha svegliato perché pranzassi col suo brodo; e ha fatto benissimo; ho pranzato di ottima voglia, senza vestirmi peraltro, e poi ho proseguito a dormire fino alle sei di stamattina.

Ho accarezzato il mio uccellino, e l'ho fatto lacrimare di voluttà e di amarezza insieme. Tant'è che la lontananza da ogni cosa...

Seconda minuta

La febbre è lenta e perpetua. Sono sbranato nelle viscere da una tosse così aspra che ricado sul cuscino come morto. Ma non è questo. Sì, – sento che mi principia l'asma. Mi curo con due dita di caffè, – e l'asma cessa. (Oppure con due dita di vino Chianti.)

Ma, ripeto, non è questo. Brutto affare fu quando, senza alcuna occasione, senza alcuna provocazione (intendo), cessarono del tutto le orine. Antonio corse a chiamare il chirurgo, – il quale usò la candeletta. Fu un palliativo. Gocciolavo appena. Seguitò l'uso delle candelette, e alla retenzione (credo si dica in tal modo), dopo altri giorni, seguì un doloroso scioglimento e sgorgamento.

La candeletta è un'atrocità: provoca sangue e irritazione, e un muco incessante alla parte. L'altra notte ebbi violenta fuoriuscita del sangue, e abbondantissima: poi stetti meglio, così che il dolore dell'irritazione sparì.

Tutto era accaduto dieci giorni dopo che il flusso di gonorrea (...).

VII

27 marzo

Eccellenza Ill.ma nell'accento sollecito delle vostre lettere ultime ho riudito il suono dolce dell'affetto. Se non ho risposto subito, sa il cielo quel che ho passato. Aveste occasione raccomandarmi, nella vostra illimitata generosità, di aprirmi con voi quando la vita mi avesse fatto provare dolori ulceranti. «Parlare con un amico è un bene inestimabile.» Eccomi, dunque, al bisogno. Se posso permettermi, vi scongiuro: ricambiate i miei sensi d'amicizia col silenzio, non fate più cenno con me, né con altri, di quanto sto per dirvi.

Vostra Grazia conosce il rapporto che ebbi con la signorina Carrugati. Vostra Grazia conosce i particolari di quanto la signorina si sia data intorno per informare di me il principe vostro genero. Ella faceva parte del piccolo drappello di spie che il principe aveva messo alle mie calcagna. Quando, qualche mese addietro, venni a sapere d'essere spiato da lei, io che in lei trovavo preziosa consolazione alla solitudine, mi sentii ferito. La ricusai.

La signorina Carrugati è creatura leggera, mi dicevo. I suoi tradimenti erano molteplici, erano addirittura infiniti. Mi convinsi a non più incontrarla.

Vostra Grazia sa che le mie tenerezze erano divise

fra la Carrugati e l'amica di lei, la dolce ragazza avvolta nella nube d'oro, Angela. Costei, che mi appariva meno infida, si dimostrò, in realtà, più feroce. Fu facile cancellarla dal mio cuore.

La Carrugati rappresentava però una spina: la piacevolezza erotica, accompagnata a uno spirito sempre all'erta, a una scioltezza di linguaggio pochissimo sperimentata altrove, non decadevano dal ricordo. Il distacco, anzi, accendeva quel ricordo sempre più.

La incontrai per caso in strada. La salutai. Le dissi, «Vergogna!». Mi aveva attirato in pericolosi tranelli. Voleva la mia morte? Nei suoi occhi scuri lessi un lampo di vero smarrimento. Forse quel corpo perfetto celava un'anima.

Passammo la notte insieme. Affermai con chiarezza che mi sentivo in pericolo. Ma conclusi che, conoscendo ormai l'intero pericolo, era come se il pericolo medesimo svanisse.

I nostri rapporti si rovesciarono. Io, che ero andato sempre nel suo appartamento, la ospitai frequentissimamente nel mio. Si interessò alle mie collezioni di pietre, ai miei studi, ai miei disegni, ai libri da me raccolti. La nostra conoscenza, legata soltanto a giochi di voluttà, si trasformò rapidamente in amicizia. Andava via tardi di casa mia, e tornava col giorno. Conducevamo vita in comune, e Antonio la trattava come fosse la padrona. Eravamo sempre insieme. Arrivò a dirmi che le insistenze del principe sul mio conto l'avevano "nauseata", – disse proprio così. In quella vanerella che conoscevo così bene andava formandosi una persona nuova. La novità mi commuoveva profondamente. La gentilissima metteva in ordine le mie carte, beveva con gli occhi le mie mosse nello studio. Se mi accadeva di uscire, la trovavo, tutta devota discrezione al ritorno. Feci proponimento di sposarla.

Questa fanciulla cortese e celeste, Dio mio!, mi è morta la sera del 2 marzo, al calar del sole.

Ammalò improvvisamente. Si destò un mattino con brividi al corpo, una tosse violenta la scuoteva tutta. Sputò sangue in abbondanza. Illanguidì. Non le consentii di abbandonare la mia stanza. Ho chiamato i medici migliori, è stato fatto tutto, tutto quanto è possibile al mondo. E tutto è stato inutile.

Tali sono le cagioni del mio silenzio: un amore vero, subito rapito, e uno sconfinato dolore.

Vostra Grazia mi permetta di concludere! Non mi è possibile continuare.

... aprile

... da quattro a cinque mesi il progetto. Se non me ne ha fatto più parola è perché non poteva farmela. Egli è scomparso. Ho bussato più volte a palazzo Quarantotto: non sono stato ricevuto. Vostra Grazia dice che ho scacciato la pigrizia con gli esercizi del piacere, con l'effetto conclusivo di raddoppiare la pigrizia. A questa accusa non rispondo, – dovrei replicare ricordando all'Eccellenza Ill.ma il mio dolore e la mia disgrazia. Ma Vostra Eccellenza sa tutto e vuole pungermi. Al mio bisogno d'amicizia invia il caustico dell'ironia, se di ironia si tratta.

Vi parlerò dunque di quel che avviene in città, della gran soddisfazione che moltissimi esprimono sul Breve di Sua Beatitudine col quale, dopo mesi di incertezze, parlottamenti di cardinali, si pronuncia condanna della decisione francese di abolire il privilegio ecclesiastico. Per l'occasione, al palazzo Stoppani, la marchesa di Polignac ha dato una cena, – una cena severa, senza musica, ma con concorso di persone. Fra tutti, la bella testa bianca offesa dai fulmini parigini, il vecchio Legato di Francia, il cardinale De Bernis, – che non avendo fatto giuramento alla costituzione civile, pur con la berretta di Sua Beatitudine in capo, è qui in posizione anomala.

Le notizie, ovviamente, mi vengono dall'amico Passionei, che partecipò al pranzo, e poté avvicinare la marchesa Polignac e da lei ebbe qualche vago sorriso di cortesia. Il principe vostro genero non ha partecipato al raduno, – e doveva esservi stato chiamato.

Tornò il monsignorino con una curiosa notizia che riguardava...

aprile

Sta per volgere un anno da quando sono arrivato in questa città divina. L'amore. Una morte così imprevista, così devastante. Temevo una nuova menzogna del destino, un nuovo oltraggio derisorio della sorte: – invece, quella morte fu morte e basta.

È venuto Vincenzino, il musico. Mi ha abbracciato fraternamente: era commosso. Ci siamo seduti uno accanto all'altro sul mio letto. Siamo rimasti in silenzio a lungo. Questo è il più felice ricordo di quei freddi giorni di lutto.

Ho ricominciato quindi a salire su per la china della vita.

È riapparsa Angela. Da quando monsignor Passionei mi ha detto che la ragazza aveva intenzione di denunciarmi per eretica presenza, come non cattolico, dentro le mura Aureliane, avevo evitato di vederla. È tornata in casa mia con le lacrime pronte agli occhi. Si è detta inconsolabile per la perdita dell'amica. «Tu sai che l'ho amata, e la amo», mi ha detto. Piangeva assai.

Poi, in uno di quegli scatti d'umore che ho preso a conoscerle negli ultimi tempi, mi si è aggrappata agli abiti, è scivolata alle mie ginocchia. «Perdono, perdonami» ha gridato. Sono rimasto immobile, confuso. Mi ha salvato Antonio: l'ha sollevata per le spalle, e l'ha accompagnata alle scale.

Mi svegliai infine dal mio io, dopo la morte di quella creatura graziosissima, e, girando lo sguardo attorno, vidi che la nebbia, sgombrando completamente il cielo, eccetto quanto indugia nell'azzurro di non ancora azzurro, mi era penetrata nell'anima e, allo stesso tempo, era penetrata all'interno, nell'anima, di tutte le cose, che pure erano piene di vita e di assuefatta umanità...

nella settimana del 20 aprile

Interessanti notizie intorno al principe di San Carlino. Vincenzino sempre più sollecito. Chiarite ragioni sparizione da Roma di Paolina: – suo viaggio a Venezia: tornerà a primavera conclusa.

Mi ha scritto questo biglietto:

Gentile amico,

ho saputo che le gioie del carnevale sono state per lei turbate da un lutto. Vorrei esprimerle la mia partecipazione. Non creda che io l'abbia dimenticata: o che io abbia dimenticato le sue cortesie. Ho un dolcissimo ricordo delle ore passate insieme.

Il nostro comune amico musico mi ha detto che presto le offrirà un servizio inestimabile. Lo assecondi, e i motivi del suo soggiorno romano arriveranno a una qualche conclusione efficace. Lascerò Venezia allo spirare della presente stagione. La rivedrò?

Carissima, oh se desidero rivederti!

È riapparso, dopo un viaggio a Napoli, il pittore amico di Angelina. Ha portato con sé nuovi lavori. Me li ha mostrati. Ha dipinto funebri cortei d'ombre con un qualche sapore di delizia. Sono cadaveri leggeri, senza peso, come velati da zucchero, trepidanti: una bellezza incrinata da uno strano sentimento di vacanza.

È questa, vacanza dalla vita o dalla morte?

Il pittore ha raccontato di Napoli popolosa e investita di sensualità. Ma ha concluso che Roma lo soddisfa di più: «Conosco tutti i facchini del porto della legna».

Antonio mi ha esibito un messaggio da palazzo Quarantotto. Donna Prospera chiedeva vedermi. Sono andato là di sera, come comandato.

Donna Prospera mi ha ricevuto in uno stanzino aperto sul cortile. Fra noi due, su un tavolo, sventolava una candela.

«Siete andato a Santa Maria in Velata?»

«No, per la necessità di andarvi con Vincenzino. Lui ha promesso essermi guida.»

«Vincenzino ormai vi guiderà.»

«Ma quando?»

«Lo dirà. Ma sollecitatelo.»

«C'è qualche pericolo?»

Tacque, scosse il capo, ebbe come un singulto; quindi proseguì: «Voi non avete più spie attorno: non avete più mosche alle orecchie, agli occhi. L'attrice vi è morta, e l'altra, la strega, Angela, è stata cacciata dal palazzo. Ha fatto un ballo angelico, ed è stata cacciata di rabbia, di furore».

«Cosa?»

Donna Prospera si chiuse in atteggiamento avaro. Ho domandato, «Un ballo angelico?».

Sono uscito dal palazzo Quarantotto e mi ha investito il fiato improvviso della primavera. Un vento tiepido spargeva in aria il profumo di un glicine vicino ma nascosto. Il cielo era altissimo e limpido: c'erano tante stelle che si poteva sfiorarle con mano.

26 aprile

... poiché si dice abbia portato a Roma "il mistero". Le chiacchiere sono semplici, e divertite. Sul processo si è fatto un gran discorrere. Ma del conte, sempre che sia conte, nessuno parla più come di un amico, o come di qualcuno che si sia ricevuto in casa. Cagliostro, condannato a morte, ha avuto la pena mutata nel carcere a vita: egli, ormai, è chiuso in fortezza. È cosa avvenuta nei giorni presenti.

Comunque, quando ho chiesto del "ballo angelico", proprio di questo mi si è parlato, ma come di una fatuità. Infine Angela è venuta da me.

Antonio l'aveva incontrata di mattino presto presso la porta della sacrestia di Sant'Andrea delle Fratte; sembrava inseguisse un frate.

Gli arrivi di Angela a casa mia paiono gli arrivi del vento. La sua bellezza è devastata: il colore delicato dei suoi occhi è impallidito. La nube dorata intorno a lei si è trasformata nel grigio della nebbia.

Con spettrale esaltazione mi ha detto: «La tua principessa vive a Santa Maria in Velata». «Lo so.» «Ma non prigioniera. Se lo è, è prigioniera di se stessa.»

«Perché dovrei crederti?»

A questo punto Angela è scoppiata in pianto. Si è gettata su una sedia, sconfortata. «Tutti i difficili mestieri, tutte le finzioni che ho attraversato, non mi hanno mai procurato tanto male come il male che mi è venuto dal teatro che ho dovuto inscenare con te...»

Le ho detto che questa volta io sapevo più cose su lei di quante lei potesse conoscerne su me. Mi è venuta addosso alzando le mani. «Cosa sai?»

«Per un ballo angelico sei stata licenziata dal principe.»

Antonio mi guardava, ed io parlavo con qualche noncuranza. La ragazza è tornata a sedersi e si è composta. «Non parlare di ciò. Che ballo intendi? Vi sono momenti della vita nei quali il nostro animo ha bisogno di volare come su un'altalena legata alle nuvole. Sono i momenti della fede, o i momenti in cui viviamo nel dominio di ciò che è sconosciuto. Sei cinico, incredulo. La tua mente è di qualità scadente. Non potrai mai capire quali siano i richiami che vengono da lontano, dalle antichità, verso di noi, e ci spingono a credere, a dolerci, a esaltarci, e anche a perderci. Fai collezioni di brecce, fingi di studiare i marmi di Roma: il tuo cuore rimarrà sempre vuoto.»

Angela seguitò a dire parole incomprensibili. Poi concluse: «La tua aridità ti ha fatto però intendere una cosa: che io, per tuo mezzo, voglio vendicarmi del principe. Allora tieni a mente questo: parti per Santa Maria in Velata, ma fa' in modo di arrivarci all'alba. È più facile che la tua principessa possa parlarti all'alba che in qualsiasi altra ora della giornata».

La ragazza si alzò e andò via. Era turbata, ma nel suo passo un po' lento, quasi aggravato da una fatica che non riuscivo a spiegare, intuii esservi uno stratagemma, – quello che pone in atto un'attrice quando, investita nel ruolo di una sovrana, esce di scena.

Dunque, Angela uscì, ed io mandai subito Antonio alla ricerca di monsignor Passionei.

«Chi non è confortato dalla fede cristiana, dalla sua sapienza millenaria, caro amico, subisce gli smacchi più cocenti dal culto della ragione. Balli angelici, riti egizi, magia: – oh, la ragione, *la raison*, non basta più. La complessità del mondo richiede di forza un legame con qualcosa che sfugge al nostro potere intellettivo. Ma se il Cristo è stato rifiutato, la superbia muove gli smarriti verso Iside, verso la pietra filosofale, verso orripilanti mascherature. Hanno scoperto da ultimo di dover ballare la loro fede, la danzano a corpo nudo, e si credono angeli; non sanno che credendosi angeli, e dandosi il corpo l'un l'altro, sono stupide prede per Satana.»

Monsignor Passionei, come arrivò in casa – e arrivò subito, – mi disse queste cose con eccitata trafelatezza. La corsa sulle scale lo aveva fiaccato, ma il bisogno di spiegarmi le sue idee lo accendeva più che mai. Aveva gli occhi brillanti, le labbra tremule. Seguitava: «Gli illuminati, a Roma, sono caduti nella tenebra del demonio».

«Non vorrai, amico mio, avvolgere tutto il mondo in una nube di zolfo per togliertelo di torno? Il mondo ti propone domande angosciose e tu...»

«La ragazza, quell'Angela, è rimasta vittima di un truffatore. La misericordia di Dio può salvarla. Gli altri sono persone che non hanno più nel loro incarnato il colore antico della nobiltà. Non sono più filosofi: sono saltimbanchi meschini, che travestono la loro sordidezza con gli stracci strappati a qualche costume di teatro.»

«Cosa fanno?»

«Si raccolgono la notte nel casino di qualche vigna e, alla luce di qualche candela persa, ballano, si inchinano davanti a uno due tre bronzetti che un bottegaio ha venduto loro con l'inganno, bruciano resine, si dicono immersi nel languore fumoso di una piramide. Poi compiono il sacrificio, uno di loro suona un tamburello, un flauto...»

«Un oboe?» lo interruppi.

Passionei si accigliò. Ripeté, «un oboe», e mi cacciava in faccia sguardi infiammati e sospettosi. «E perché un oboe?» «Ho detto per dire» risposi: «il canto dell'oboe ha per me un mistero».

«Ebbene: forse al suono di un oboe quegli illuminati si trascinano un corpo contro l'altro, ignudi, a chiedere grazia a chissà quale dio. *La raison* li ha condotti alle ridicole fantasie pagane.»

Venne giù una grandinata improvvisa, scoppi di tuono: corsi a serrare le imposte. Il giorno che languiva si annerì. Restammo in silenzio. Provavo imbarazzo verso l'amico che pareva aver perduto ogni senno, e adesso sedeva su un piccolo sgabello con lo stomaco e la pancia che facevano gran volume dentro la sua sottana.

Domandai: «Il principe di San Carlino è uno di quegli illuminati?».

«Non sai quello che dici! Casomai è il loro nemico.»

Nel mezzo di quelle esclamazioni si alzò: prese la mantellina, la berretta, e fece per andarsene. «Ma piove!...» Non si trattenne ad ascoltarmi: era già oltre la porta non lasciandomi parlare. Gridò dalla rampa di scale: «Angela ha tradito. Capisci, adesso?». E sparì.

Il suo grido sollecitò la padrona di casa. La vecchia salì in stanza a chiedere cosa fosse accaduto. Ma Antonio seppe con garbo invitarla fuori.

Passai la serata a riflettere. Convenni fra me che era necessario partire al più presto per Santa Maria in Velata. Dissi ad Antonio che cercasse il musico Vincenzino: lui soltanto avrebbe potuto accompagnarmi in quella campagna.

La tarda mattina del giorno appresso condusse in casa il vignarolo, Pavolo, il modello che non vedevo più da tempo. Pavolo mi portava il biglietto del principe, quel biglietto di cui vi ho detto. Corsi all'appuntamento. Ma prima chiesi ad Antonio cosa fosse accaduto al Paolo: mi rispose che il vignarolo prendeva ora la "buona mano" dal principe. Mi invase il furore. Afferrai Antonio al collo e gridai, «E tu?».

Vostra Grazia può capire quanto il seme del dubbio, e la paura, possano annebbiarmi. Antonio non fiatò: mi guardò sconsolato, a lungo.

Andai all'appuntamento, dunque. Salii al capocroce delle Quattro Fontane. Passai il portone. Nel cortile stuccavano una portantina: c'era là intorno chiasso, animazione. Riconobbi il cuoco, colui che – ricordate? – incontrai nei primi giorni romani presso un tavolo da gioco. Rideva gettandosi addosso a una donna d'età, che non badava a tenersi lontana da lui. Gli altri non facevano conto di quella scena, e attorniavano gli stuccatori con aria di consigliare o deridere il lavoro in corso. Erano il guardaportone, due tre servi, un ragazzino che in faccia aveva stampata una orrenda aria adulta, – e questi era il più animoso di tutti, parlava e guardava gli altri con gli occhi di chi non ha di suo che sentimenti feroci.

Discosto, presso l'androne della scala, vidi la figura smagrita del principe che trattava con due giovani di fatica: c'era un carretto carico di botti. Uno dei due, un grasso dai peli rossi, succhiava il vino con la cannella da una botte, lo versava in una tazza che faceva ruotare lentamente e poi la offriva al principe. Il principe guardava al fondo della tazza, e scolava il vino in terra. Vidi ripetere l'operazione più d'una volta.

Era un pomeriggio di sole, ma nel cortile quadrato il sole non entrava.

Le rondini gridavano salendo contro l'azzurro del cielo: – una di esse piovve giù come un sasso nero fino a sfiorare la portantina, per poi risalire in alto con un fischio acuto e lacerante. Il principe sollevò gli occhi, e mi vide.

La strana luce delle sue pupille, che pareva tagliargli l'epidermide del viso, si fissò a lungo su me. Mi inchinai. Sorrise come a scherno. In quell'attimo, quattro cagnolini, fastidiosissimi, apparsi non so da dove, tentarono aggrapparsi ai miei polpacci; dovetti difendermi gridando: – me ne venne una gran rabbia, il mio contegno perse ogni gravità.

Mi distrassi dal principe. Arrivò il ragazzino feroce: urlò qualcosa ai cani, poi mi prese per un braccio e disse di salire, il principe mi aspettava. «Dove?» chiesi. E lui, alzando di poco il mento, mi indicò lo scalone.

Quando attraversai il cortile tutti tacevano. Il cuoco di San Carlino mi guardò con strana curiosità: poi fece verso me quel grido – oh, oh – che si lancia di invito ai cavalli, e mi venne contro a braccia in aria, quasi ballando, e accennò di darmi contro con un colpo di sedere.

Rise per prima la donna che era con lui, e gli altri appresso. Mi mantenni impassibile. Ormai ho appreso il senso di questi giochi romani, che sono di scalmanata familiarità. Guardai il sarcofago che faceva da vasca alla fontana e i frammenti di antiche iscrizioni disposti alla mostra lungo il vestibolo della scala. Sostai davanti a un bassorilievo che mi parve raffigurare Leda irretita dai richiami del cigno. Le risate alle mie spalle si erano spente.

Mi trovai ai piedi dello scalone. Il salire era sbarrato da una pantera di pavonazzetto, con la base istoriata di geroglifici egiziani: – opera di straordinaria levigatezza, di straordinaria fattura.

Il principe era là, vestito con una inquartata di damasco cremisi che pareva il lampo crudo della pietra scolpita. Rideva di quel suo riso agro che gli lega i denti piuttosto che schiuderglieli.

«Avete mai visto niente di più squisito?» disse.

Più che una squisitezza, avevo negli occhi il manifestarsi di una misteriosa sapienza d'arte: – la morbidezza dell'animale, la sua elastica nervatura si articolava in una arcana geometria che sembrava spandere raggi nell'aria.

Parlai dell'antico Egitto e delle favole che ne annebbiano la memoria. «Questa bestia non è una favola» mi riprese lui, e accarezzava le reni lucenti della pantera con le dita lievemente tremolanti.

Ero imbarazzato: ricordavo quanto mi aveva detto il mio amico monsignore sulla ostilità del principe ai miti egiziani. Dissi: «Si racconta che voi non siate incline verso chi pratichi la mistica delle piramidi».

«Già. E voi siete a conoscenza dei motivi che mi spingono a questa ostilità?» «Immagino sia la vostra fede cristiana.»

La risposta mi venne pronta: la espressi, però, con precipizio; e lui sorrise, non si staccò dalla pantera e mormorò, con una trasognatezza singolare, «Sì, la fede cristiana».

Si schiarì la voce roca: il velo di saliva che l'appanna sembrava essersi fatto quanto mai spesso. «A voi la fede cristiana non aiuta. Chissà quale fantasia francese vi aiuta.» «Parlate di un aiuto all'intelligenza delle cose, al sentimento?»

Il principe si distolse dalla scultura e prese a salire lentamente lo scalone. Diceva, senza guardarmi:

«Non avete seguito il mio consiglio. Siete rimasto in questa città priva di speranze. Non avete voluto darvi a più accurati studi antiquariali. Ercolano, Pompei, il Miseno non attirano la vostra immaginazione e il vostro culto degli studi. La prima impressione che ebbi di voi mi suggeriva che nutriste indulgenze alla distrazione. Siete un dilettante, un entusiasta forse. Questa scala ha udito echeggiare i passi del grande Winckelmann: la cosa vi commuove? Vi commuove il pensiero che il pavonazzetto egiziano sia stato accarezzato dalle mani fervide dell'Eminentissimo Cardinale Alessandro? Lo so bene: voi non amate le scelte decisive. La passione per gli antichi, la passione per i moderni, la passione per gli intrighi di questa città funesta: – siete immerso in cento contraddizioni, ne siete ubriacato. Cosa farete della vostra vita, o di quel poco di vita che vi lasceranno vivere?».

«Signore, io so che ho da temere la vostra ira. Non sono un eroe: gli eroi li amo dipinti, o scolpiti, o resi vivi dai versi dei poeti come gli arcangeli del Milton...»

Salivamo la scala: una luce colore del miele, accesa dai marmi delle pareti, tingeva le fattezze del principe. Sembrava, il principe, sparito nell'abito della sua stessa carne: solo la sua parrucca, dai fili argento, legata con un fiocco nero sulla schiena, apparteneva a cose di questo mondo.

«Parlate del mondo dell'arte quasi aveste con esso una confidenza illimitata. Non è così. Avete più confidenza con lenzuola sporche di sudore vostro e altrui.»

Gridò. La sua voce, sotto le volte dello scalone, parve indebolirsi nel vuoto dell'aria e farsi lontana.

Non dissi niente. Sostai a un ripiano della rampa, dove essa gira per procedere con un nuovo ramo. Il principe salì per qualche gradino. Quindi si voltò. Calmissimo, era tornato a sorridere. «Vi ho chiamato per mostrarvi un Apollo di cui raramente potreste vedere copia.»

Additò nella galleria del primo piano, che si apriva oltre un immenso portone di noce scura, un biancheggiare di forme investito dalla luminosità per niente incerta del pomeriggio.

Il suo passo si fece veloce. Lo raggiunsi alla porta della galleria, e là, presso una finestra vidi un Apollo più grande del naturale, incoronato di alloro, le braccia spezzate, d'una morbosa dolcezza sulle labbra dischiuse e nelle cosce affusolate e femminee. Il marmo era limpido come la cera più fine, quasi le dita della mia mano avessero potuto affondare in quella carne delicata.

Ebbi il coraggio di dire: «Ma non sono qui per far visite antiquarie». Tolsi gli occhi dall'Apollo e fissai il principe. Il principe volle non udirmi: «Voi che amate i moderni, – in questa sala è un Carracci...». Ma io non guardavo più nulla, e mi disponevo a scendere la scala. «Siete un impudente!»

La sua voce ebbe uno strillo acuto, ridicolo. Ero fermo sul pianerottolo, chiaramente deciso ad allontanarmi. Lui proseguì: «Avete più volte meditato di entrare qui, in casa mia, col pretesto di visitare la collezione. Io stesso mi sono disposto a mostrarvela. Adesso mi voltate la schiena. Quella schiena la farò frustare».

«Avete tentato intimidirmi più ferocemente.»

Gli tornò sulle labbra uno di quei sorrisi tenui e illividiti che già gli avevo conosciuto: – «Hai il coraggio dei vigliacchi. Sono coraggiosi quando credono di avere le spalle difese da un'impresa grande». Il sorriso gli si aggravò in un riso ghignante, idiota.

Esclamava: «La grande impresa di andare a Santa Maria in Velata!».

Ero felice che egli avesse pronunciato finalmente il nome di quel luogo: aspettavo che egli dicesse comunque una parola da cui potesse essere chiaro che fra noi non c'erano finzioni.

«E allora?» chiesi.

«Bastava domandarlo senza sotterfugio dove fosse la principessa Marianne. A Santa Maria. Niente altro.»

«Bene: niente altro. Ho soltanto da portarle il saluto dell'Illustrissimo Elettore Suo padre.»

«Sono saluti rancidi: vecchi di un anno, ormai inutili.» Gli occhi del principe diventarono schegge di vetro.

«L'amore paterno non si fa vecchio.»

«Potrei proporvi come patrocinante di Consulta: che prontezza di retore possedete!»

Una stanchezza maligna gli devastava il viso. «Non vi ho contrastato per orgoglio, neanche per deliberata inimicizia. Andate pure a Santa Maria. È probabile voi pensiate a enigmi, a incantesimi, a stregonerie, a delitti. Credo si tratti di altro, – forse...»

La sua voce si ridusse a un rantolo penoso e incomprensibile. Il principe era improvvisamente un vecchio: la luce del giorno appassiva. Restammo muti.

Dal fondo della galleria udii il picchiare di un bastone a terra. Vidi venire avanti donna Prospera. Era avvolta in una lunga veste nera, uno scialle anche nero le copriva la parrucca. Era un'apparizione sinistra che procedeva tremula contro l'oro delle porte. Un servitore la scortava e portava in braccio una scimmietta colore del caffè.

Il principe si inchinò con severità alla sua volta. Feci altrettanto. Donna Prospera si fermò accanto all'Apollo bianco. Nel sollevarmi dall'inchino mi avvidi che guardava con gli occhi di chi non riconosce. Mormorò: «È un dono turco questa scimmia. Morde. Avrei voluto mandarla a Marianne, ma Riaro si compiace averla nel letto ogni mattina. Gli dà le noci. E ormai...».

La risposta del principe fu un nuovo inchino del capo, lentissimo.

Donna Prospera, sempre immobile, disse: «Il vignarolo ha lasciato detto che Marcello ha di nuovo le febbri».

«Non so niente, e ho chiesto che non mi si dica niente.» Il principe si piegò in un nuovo inchino.

A questo punto donna Prospera si fece più vicina a me. Mi osservò strizzando le palpebre, – «E voi?».

Come a spiegazione le rispose il principe: «Il giovane sta qui visitando la collezione antiquaria».

Le dita di donna Prospera, annodate dai reumi, strinsero l'impugnatura del bastone. Stridula, soffocata, la vecchia disse: «Che sciocchezza!». Poi nelle pupille grigie, che l'età sembrava avere irrimediabilmente sbiadito, apparvero le lacrime, gocce di perla oleose. Ripeté, con una sorta di crudele, incomprensibile intenzione: «Ormai!». Le tremò la bocca, e potei udire distintamente il suono di una disperata pietà nella sua voce.

Guardai il principe. Il principe teneva il mento al petto, lo sguardo a terra. Confesso a Vostra Grazia che ho provato in quel mentre un brivido d'allarme.

Donna Prospera scese le scale, la scimmia squittì; il principe si era avvicinato alla finestra e guardava fisso nel cortile. Gli chiesi cosa piangesse l'illustre signora. Rispose: «Ciò che vorrei piangere anch'io».

Non si mosse dalla finestra: taceva. Mi parve incongruo il trattenermi là. Dissi: «Liberatevi comunque di ogni pena».

Si voltò: «Sono stupito che un incarico così difficile sia stato affidato a persona tanto leggera...». Gli vagò la voce nella gola, ma alle labbra arrivò un soffio rammaricato. Adesso mi guardava dritto in viso.

Seguitò, – desidererei che l'Ill.ma Eccellenza Vostra meditasse su queste parole: «Compito difficile, ma anche semplicissimo se solo, al sopraggiungere a Roma, mi aveste mostrato lettere credenziali dell'Eminentissimo Elettore. Sua Grazia non ha mai chiesto nulla alla mia persona: richieste sue sarebbero state per me obbliganti. Voi avete invece taciuto: tutti hanno taciuto. D'altra parte il destino corre sempre coi suoi cavalli verso un'avventura non sappiamo se meravigliosa o...».

Volle di nuovo che alcune sillabe gli salissero vane alla bocca. Ero confuso. Sentivo l'amarezza di non essere pari al bisogno: dovevo non porre domande, e insistere nel silenzio.

«Forse si voleva inchiodarmi a una colpa. Non è così?»

Il suo interrogativo mi arrivò come un colpo di scudiscio: – la sua voce era tagliente; rideva inasprito. «Andate, andate a Santa Maria. Sorgeranno in voi diverse questioni, me lo auguro. Sappiate che la soluzione non era una qualsivoglia cura, ma come vivere: la vita, insomma.»

La mia confusione si accrebbe, e il mio volto dovette confessarlo. Il principe non mi diede alcun tempo. «Allora, partite. Addio.» Si allontanò a passi veloci nella galleria e presto sparì.

Tale fu l'incontro. Le parole sibilline mi avevano stordito, confuso. «La soluzione era...» egli aveva detto. Il senso allusivo di quell'espressione mi sconvolgeva la mente. «Era...» – che io non potessi più vedere la principessa Marianne?

Vostra Grazia può capire come in quei momenti mi

sentissi definitivamente bruciato nell'impresa. Scendevo i gradini a volo. Mi trovai nell'ombra ai piedi della scala: – mancò poco che non mi abbattessi su donna Prospera che si trovava presso la pantera.

Gridai, senza inchinarmi, – ma ero travolto dall'eccesso dei sospetti, dal timore: «La vedrò?».

La nobile signora – che lasciava la sua scimmia arrampicarsi sul dorso della fiera di pavonazzetto: e la scimmia, su quella superficie polita come olio, scivolava, ricadeva giù e si doleva con un gemito convulso, affaticato, – non fu turbata dalla mia esagitazione, capì. «Oh sì: pare che la vedrai.» Parlò con un suono di profonda mestizia, ed io vidi nella sua vecchiezza, nel volto screpolato dalle rughe, un sorriso pallidissimo. Mi diceva: «Domani verrà da te Vincenzino. Partirai». Mi fece un cenno con la mano che intesi come di congedo. Presi allora quella mano e la baciai. Si schermì di violenza, e disse, «Via, via!».

Uscii di corsa dal palazzo, ancora inseguito dai cani che avevano tentato mordermi ai polpacci: le campane di San Carlino suonarono il vespro riempiendo l'aria come un tuono.

Ormai, dunque, sono sul piede di partenza e soffro di una comprensibile eccitazione. Il musico, attraverso Antonio, mi ha fatto sapere di tenermi pronto: ed io sono qui, col cuore al viaggio.

Prima di chiudere questa lunga lettera è mio desiderio indirizzarvi infinita gratitudine per il congruo rotolo di monete d'oro che avete avuto la bontà di farmi recapitare. Accanto a ciò, vogliate intendere la mia meraviglia per quanto mi avete scritto. Il vostro sconosciuto messaggero, la vostra persona fida, è riuscito a informarsi delle segrete faccende mie corporali: – in che modo mi chiedo, e l'impossibile risposta mi lascia stupefatto e affascinato. Sì, la rilassatezza, quasi una morte delle membra, che mi ha colpito nel pieno del passato inverno, preparandomi al lutto che pure mi sconvolse, e tenendomi lontano dallo studio e da ogni altro dovere, era causata da una fastidiosa scabbia francese dalla quale soltanto la pazienza di Antonio ha saputo salvarmi. Lavaggi, unguenti di erbe: egli si è dedicato a questo con una devozione ormai inestimabile. Sono in via di guarigione, e, se non proprio definitivamente guarito, certo...

VIII

Il viaggio verso Santa Maria in Velata

Il musico Vincenzino ha fornito cavalli e cibo. Il giovane ha un portamento di curiosa alterezza, ma è buono. Tiene il collo diritto in su, quasi fosse legato a una canna: mi sento avvertito che quel legamento, in lui, è segno di timore degli uomini, – e certo timore, spesso, si cerca vincerlo con passionalità aggressiva. La dolcezza di Vincenzino traspare dai suoi occhi, che egli volta verso destra e verso sinistra in continuo allarme.

Forse è ancora il mio malanno: – pare che l'assedio non cessi, ed è un modo strano di portarsi del corpo, per cui esso si disgiunge dalla mente, e a questa non obbedisce.

Forse il malanno si unisce al lutto.

Per quanti vicoli di desideri, di pentimenti e d'affanni vado errando miseramente dal tempo di *quella* morte. Sapevo di essere amato: questa certezza nacque e crebbe. L'ho perduta, e di questa nuova, orribile certezza si nutre il mio disperato dolore.

Vincenzino ha portato notizie di Paolina. Questa delicatissima dama mi manda a dire la sua comprensione. Mi inchino a questo messaggio, e non so cosa rispondere.

L'ultima sera trascorsa a Roma mi chiedo se Antonio mi seguirà o resterà in città?

Non so più fare a meno di lui: – Antonio è l'unica protezione nel dominio d'allarme in cui sono caduto, e nel quale fingo non trovarmi.

Discorro con Vincenzino in camera mia al lume della candela. Gli chiedo del suo strumento. Sempre in francese mi dice che va curandone lo studio. Si dice appassionato di sonate per oboe.

D'improvviso – calcolando l'improvvisazione – gli chiedo come mai si sia adesso deciso a portarmi a Santa Maria. E lui: «Il tempo è quello giusto». Parla con candore, quasi sorride. Aggiunge: «Anche perché, ormai, tutto è consumato».

Gli chiedo spiegazioni: cosa è consumato?

Il perenne sorriso del suo sguardo si spegne. Vincenzino tace.

Sono in ansia da quando ho udito le allusive parole del principe e di donna Prospera, tanto in ansia che non ho voluto confessarlo per lettera a Sua Grazia. Glielo dico.

Vincenzino mi mostra allora un libricciòlo che cava di tasca. Leggo sul frontespizio: *Lettera di un canonico a uno dei suoi amici su la vicinanza della fine del mondo*. Seguono alcune indicazioni, come *tradotta dal francese da F.A., C.*; e poi, *stampato in Fermo presso i torchi di Pallade*.

«Ebbene?» domando.

I *torchi di Pallade* mi fanno sorridere, e Vincenzino dice, «No, no: questi sono i fatti», e batte con le sue dita lunghe e sproporzionate, sul frontespizio.

«Ma quali fatti?»

«Una coltre di nebbia non annerì per giorni e giorni le pianure tedesche otto anni fa, tanto che il sole scomparve in pieno giorno e la luna in piena notte?»

Mi accade spesso di provare l'incredulità come

fosse una spina dentro il cuore. Vincenzino discorreva accendendosi tutto. Diceva che il millennio dello spirito si avvicinava a conclusione, e che i francesi, parlando di "fratellanza", oscuramente esprimevano la loro diffusa paura: calpestare le prerogative del trono, abbattere gli altari di Dio erano segni che non potevano dirsi equivoci. La follia, la collettiva follia degli uomini, comprovava le intuizioni di alcuni.

Il pensiero del giovane era indubbiamente aggrovigliato, ma egli metteva nelle sue parole una foga e una passione pazza che potevano dirsi convincenti. Eppure, io restavo incredulo: quella sua nevrastenia, un conteggiare passate stagioni, lune trascorse e cieli ottenebrati, mi ricordava la nevrastenia di Angela, – a tutto questo volevo mettere punto.

«Ebbene?» ripetei.

E lui: «Perché?».

«Questa fine del mondo prevista...»

«... nei prossimi dieci anni!» m'interruppe.

«... nei prossimi dieci anni, d'accordo: – ebbene, in cosa collima con il viaggio a Santa Maria in Velata, con la principessa Marianne e tutto il resto?»

L'incredulità mi portava a sorridere: – non sorridevo per l'espressione del volto di Vincenzino, infiammato e adesso interdetto.

«La disperazione» disse.

«Di chi, e perché?» chiesi. E poi insistetti: «Cosa si è consumato?».

Vincenzino, abbandonando il francese, mi dice che capirò quando avrò visto e parlato con don Marcello, che là a Santa Maria "sa tutto".

Ed io insisto: intorno alla principessa, don Marcello cosa potrà aggiungere di nuovo a petto di quel che il fratello principe mi ha taciuto? Vincenzino dice, affaticato, che vedrò, vedrò e vedrò.

Le nostre parole correvano dalle nostre bocche come seta. Nel calore del discorso avevamo bevuto del vino che Antonio ci versava da un fiasco. Dovemmo addormentarci se al lume di un'alba chiara mi svegliai aggomitolato contro la schiena del musico. Il giovane russava lievemente, soffiando bollicine di saliva dalla bocca socchiusa.

Mi tirai su. Antonio era già desto: lo sentivo muoversi nella stanza vicina. Andai da lui. «La fine del mondo» gli dissi, per stimolarlo a un sorriso. Né il vino né il sonno erano riusciti a smaltire la mia incredulità.

A tutta risposta Antonio mi dice che non verrà in viaggio con me. Mi mostra la bisaccia che ha preparato con alcuni capi di biancheria e di vestiario, e mi suggerisce di legarmi il borsellino sotto la giubba.

Lo guardai fisso: aveva una faccia ostile, inasprita.

«Cosa c'è?»

Mi risponde che starà a Roma ad aspettarmi. Ed io: «Nel caso dovesse cogliermi ancora qualche malanno, cosa farò? Io non sono guarito». Non rispose.

Provo il funesto sentimento che la vita si sgretoli in polvere, e il mattino della partenza verso Santa Maria quel sentimento si fa più acceso davanti al rifiuto di Antonio a seguirmi.

Lo comandai con durezza. Rifiutò ancora: e senza dare spiegazione. Gli strappai dalle mani la bisaccia, e si rovesciò una sedia. Il fracasso destò Vincenzino. «Il giorno!» disse scattando a sedere come fosse colpito da una frustata.

Usciti da porta Salara a luce piena, siamo confusi coi nostri cavalli tra i carretti dei vignaroli che tornano a casa. Ma subito procediamo in un deserto d'uomini, e scendiamo verso il lungo catino che il Tevere ha scavato prima del ponte Molle.

Vincenzino cavalca leggero, in capo ha un berrettino da viaggio e i capelli gli volano attorno sciolti dal vento. Il sole è caldo, ma nell'attraversare le ombre dei salici l'aria è di una freschezza che morde.

Saliamo in un bosco. Lo attraversiamo. Dopo un cammino che non fu breve, i fumi in lontananza, la voce delle campane mi fecero supporre che ci trovavamo in prossimità di un paese. Avevamo raggiunto la vetta di un'altura: vidi infatti spalancarsi davanti ai miei occhi una bella vallata, sulla cui china si drizzava un castello, e attorno al castello si aggruppavano case.

Vincenzino va a piedi, ed io lo seguo per i tornanti di un viottolo assai ripido. Parliamo. Il sole è alto e splendente.

Le linee dei colli sono forti e soavi: si aprono botri improvvisi al cui fondo i rovi fanno nidi neri: sul displuvio di delicate vallette si adagiano campi seminati a grano, piccole pezze di verde fresco.

Quercie secolari, lecci scurissimi contro il cielo indaco: il fiume lontano snodava le sue curve, – pareva d'essere dentro una tela del Pussino. Mi stesi presso un sasso e guardai il panorama. Vincenzino sedette accanto a me. I cavalli erano legati a un tronco.

«Il nostro discorso non è concluso» dissi.

(Voglio qui trascrivere al più possibile esatto il colloquio con Vincenzino per testimoniare di tutte le incertezze che ho attraversato.)

«Quale nostro discorso?» mi chiese.

«È strano che un musico viaggi senza il proprio strumento: non è esso una parte del tuo corpo come insegnano i maestri?»

«Secondo te, se io sonassi il cembalo, mi vedresti trascinare in groppa al cavallo lo strumento?»

Avevo mutato argomenti, poiché m'ero avveduto che alla mia domanda Vincenzino, più che con le parole, rispondeva con un sorriso di malizie. Allora godemmo la vista della campagna.

Le chiacchiere del musico sono avare, tanto avare che io sono stanco di sospettare e mi affido a ciò che accadrà: – e sono del tutto certo che alla mia persona non accadrà nulla.

Non posso parlare neanche a me stesso del disinteresse in cui il mio animo è caduto. Gli stimoli della vita hanno perduto una qualsiasi urgenza.

Durante il viaggio, andando lento sul cavallo, mentre la luce meridiana della primavera sfocava le montagne lontane e tutto naufragava in un barbaglio fin troppo argenteo, cominciai a pensare a Paolina, l'unica donna cui potessi ormai dedicare pensieri d'amore.

Tentai discorrerne con Vincenzino: – non badava a me, e rispose distratto. Mi parve sapesse poco di lei. Così mi abbandonai ai miei ricordi.

Raggiungiamo una locanda. Abbiamo superato una gola fosca di colori, mentre il sole calava. Dove si apriva ancora davanti a noi la valle del fiume, vidi la gran macchina di pietra d'un convento, una chiesa, e udii la campanella che chiamava l'Angelus. Più sotto, mi dice Vincenzino, c'è una bettola e l'osteria.

L'oste ci dà da dormire in una stanza dove sono due sacchi pieni di pannocchie: consiglia di badare alle bisacce, di badare ai topi che divorano finanche le candele, e di dormire.

Mangiamo frittata e cicoria lessa. Poi, disteso sul saccone, Vincenzino scioglie i lacci del suo bagaglio e mi mostra una borsa di tela rifinita in pelle. Ne cava un astuccio di cuoio: quindi apre l'astuccio, e capisco che è un portafiale, – vi sono, inserite in anelli di seta, una dozzina di lunghe cannelle, dove riluce un liquido color ambra, un'ambra scura.

«Poche gocce» dice Vincenzino, e sorride come a persuadermi.

Gli domando cosa voglia e cosa sia quel liquido. E lui dice «Il nepente di tutti i mali dell'umanità, il sollievo per ogni disperazione, per ogni paura». Stappa la chiusura ermetica di una fiala, fa la mostra d'aspirare un profumo. Poi m'invita, ma subito ritrae la mano e l'oggetto. Ripete: «Poche gocce».

Dico: «Cosa?». E lui: «Tintura d'oppio, laudano».

Proseguì raccontando di un rito cui anch'io dovessi obbedire, e nel suo volto c'era l'espressione di un delicato rapimento. Mormorava, «L'abisso di una gioia divina».

Ribattei: «Provi qualche dolore al capo?». Sapevo che il laudano è somministrato per violenti mali alle ossa, alla testa, anche al ventre: qualche goccia è sufficiente per assopire le torture, smaltire i supplizi.

Vincenzino diceva che i mali dell'anima sono radicati così profondamente che solo quel "nepente" avrebbe potuto dissolverli.

«Ma tu soffri di quali mali?» chiesi.

Il musico ha una vaga leggerezza di cuore: gli occhi gli brillano di tale luce che non si può pensare a lui come a un sofferente di morali afflizioni.

«Ho sentito parlare del Pantheon del dolore: la fine della vita è vicina, si appressa di anno in anno. L'oblio è un dovere. Ma è un dovere anche impossessarsi di sé oltre i limiti del possibile, aiutarsi in questo possesso. La tintura d'oppio assolve a questo aiuto.»

Mi sembrava che Vincenzino stesse ripetendo una lezione appresa in fretta: le sue parole acceleravano un pensiero che egli riusciva a esprimere con fatua incredulità e con distrazione.

«Ma, di quest'oppio, cosa ne fai?»

«È per don Marcello. Non hai capito?»

Il mio sguardo lo portò a ridere. Diceva: «Non hai sensibilità per l'occulto, per i divini disegni del caso». Di nuovo parlò della "fine del mondo", cavò di tasca il libricino stampato dai torchi di Pallade e me ne lesse frasi oscure e funeste; ma sempre, nella sua voce, c'era il suono del gioco o la cipria del nulla, e nessuno strazio, nessun dolore.

Gli chiedo se sia stato don Marcello a convincerlo, e perché, e da quali pene costui sia colpito. Ma Vincenzino mi volta la schiena.

Il lume d'olio faceva luce scarsissima. Vidi il musico chiudere l'astuccio delle fiale dopo aver trafficato con quella di esse che aveva stappato. Si stese sul materasso, dicendo, quasi a se stesso, – e la voce non era più fatua, non era più vagamente giocosa: «Un'ardente felicità».

Il suo viso andava oltre la ruota della luce, e nella penombra il suo corpo si ammorbidiva come in una pittura: mi parve fosse interamente dominato da una svaporante dolcezza, – tanto che mi venne il maligno desiderio di distrarlo da essa. Lo toccai al braccio, lo scossi. Gli occhi neri gli brillarono d'un sorriso infantile, quasi ammiccante: poi si chiusero. Le labbra presero una piega d'invito: tirai inquieto il mio materasso al capo opposto della stanza, e con lo spegnifiamma di rame incappucciai lo stoppino del lume. Il buio mi portò a pensare a quanto avevo abbandonato dietro di me nel corso di quella giornata.

Ho dunque lasciato Roma; e il suo ricordo, in quel momento, cancellò la luce del mattino primaverile, il vociare del mercato a porta Salara. Sparito ogni suono e ogni colore, la città affoga dentro certa sua notturna tetraggine, solitaria urna funeraria che il tempo ha cariato irrimediabilmente. Le pietre del campo Vaccino, i marmi affondati nel fango, i capitelli divelti, sono ospizio a magre pecore che belano tristemente nella mia immaginazione, – e vivo un dolore inconsulto, un'inesplicabile angoscia che mi produce fisici morsi alle viscere.

Mi appare in sogno l'amico Passionei. Fa rampogne sul mio distacco dagli studi antiquari. La malattia che mi ha colpito con l'inverno pieno – replico – ha distrutto intere le mie energie. Lui dice, ed è stordito da uno dei suoi accessi d'asma: «Roma ammala: lo sapevi».

Pare in pena, il mio amico: pare fuggire per un'erta che porta al Gianicolo – ed io dietro: – e mi fa segno d'allontanarmi. Sparisce dietro il muro d'un orto: – odo un grido, ma un grido di donna, un grido che si muta orribilmente in risata di scherno. Poi Passionei riappare, in ridicolo atteggiamento: scavalca il muro dell'orto. Dice, – è lontano da me, e fatico a raggiungerlo: «Siamo sul passaggio di un cerchio della vita. Forse è la morte». E il suo grido ha un suono d'arguzia o di sbalordita ironia. Infine il caro uomo di studio e di chiesa sparisce. Il giorno si fa notte e, al chiarore di lampade incerte, appaiono visi sconosciuti e conosciuti, – il cuoco di San Carlino, la padrona di casa, il Pavolo, l'amico pittore, don Riaro, il principe di Sermoneta, il nostro Legato che pronuncia parole perse nella chiostra accidentata dei denti.

Sono quindi in una galleria, la magnifica galleria di un antico palazzo, una loggia affrescata da mappe geografiche di sconosciuti paesi. È un vano lunghissimo, dal cui fondo vedo avanzare una donna: corre come ubriaca, da una parete va a rifugiarsi in quella di fronte, osserva le pitture, col dito insegue chissà quali rotte marine sugli affreschi. Odo venire di lontano una lieve risata come fosse un canto, un gorgheggio d'usignolo. È vestita di broccato color avorio quella donna, il suo abito ha lucentezze di pietra. Improvvisamente m'accorgo che è giorno pieno, e il sole fa splendere sul petto di lei un fiore di diamanti, e le perle del collo e delle orecchie. La risata si avvicina, la donna si fa composta, il passo le si addolcisce, e il viso le prende un'espressione languidissima: non guarda me, i suoi occhi vagano fuori dalle vetrate, e fuori dalle vetrate a me sembra esservi il mare, o anche un giardino, oppure un bosco.

La parrucca, la parrucca di quella donna, è argento o di un candore immacolato da sembrare marmo; così il suo viso, dove il belletto si fa teso e compatto non lasciando trasparire alcun'ombra rosata. La distinguo ora perfettamente: il naso arrotondato, le orecchie filigranate, il mento lievemente aguzzo, la bocca infantile con il labbro superiore tirato in due pinne sottilissime verso le narici: – poi gli occhi, uno sguardo malinconico e penetrante, d'un verde cupo e profondo, il colore delle donne brune dei nostri ducati, soffuse d'una imponderabile malìa d'oriente pervenuta loro come un vento meridionale o turchesco che abbia spirato sulle lontane pianure sarmatiche; quindi il collo sottile, e l'epidermide che mi ricorda un'antica seta, – ma quella donna, nel sollevare il capo, è di una giovinezza imponderabile, quella in cui ogni acerbità sparisce e il frutto è sodo e fragrante.

È un lampo, – la riconosco. Quel collo, quel naso, quel labbro fine già li ho visti miniaturizzati, e scolpiti. «Marianne!» dico in sogno. E la principessa mi passa davanti agli occhi oscurando con il suo corpo la luminosità del giorno. È in controluce: immagine abbrunata come in un caravaggesco. Eppure, in quell'ombra fuggevole, riesco a distinguere in lei, nel suo viso, l'impronta di un grande pallore. Silenziosissima, scivola via: fa un lento cenno di saluto con la mano, un saluto sofferto, un addio che ispira il pianto, e sparisce. Aveva le labbra serrate, eppure udii distintamente una voce, o un sospiro, che diceva, «Il verde dei miei occhi si è spento in questa notte, – così l'oro rosso del mio cuore. Oh, come ardeva quieta la luce. Avevo un manto azzurro che mi avvolse come un'onda marina. Una pallida bocca suggellò sulle mie labbra spente l'eternità».

Queste parole mi parvero parole di una canzone, ma attorno non c'era musica; la musica era il sentimento che faceva a brani il mio cuore in quell'addio.

Mi sono svegliato sudato, tremando. Dall'impannata della finestra entrava un raggio di sole che mi feriva il viso.

Valli avvolte dalla nebbia: una nebbia bianchissima e densa. Tronchi di rami neri paiono anime dormienti. Il cavallo del mio amico ansima, e l'amico canta, – poi dice che il fiato umido dell'aria gli sfoca i polmoni, ma la sua voce sembra perdere peso in quel sepolcreto di candida umidità.

Domando: «Ci siamo persi?».

Vincenzino risponde che non ci si perde se si segue il sentiero, – lui sempre avanti, io, sempre dietro, taccio.

Al risveglio, Vincenzino non ha fatto parola del laudano. Avrei desiderio di incalzarlo con richieste di chiarimento: ma il desiderio è dileguato.

Vanità della mia missione: – i miei sensi sono travolti da presagi cui non so dare nomi.

Ripercorro con la memoria il tempo trascorso a Roma, – vorrei rimproverarmi di dissipazione, ma sarebbe questa una accusa facile. Ho vissuto in romanzesca attesa: dovevo, come fossi stato uno sbirro, cercare la principessa, o fare in modo che ella apparisse, realissimo fantasma, davanti a me.

Passionei mi diceva che io vivo studiandomi di far tacere il divino che è in ognuno. Gli avvisi dolorosi e funesti da cui la mia fantasia è presa in assedio, in questi giorni, non sono forse avvisi divini?

Sono arrivato a Roma col cuore e gli occhi al grande Winckelmann. Ho tutto dimenticato.

Quanto somiglia questo sentiero che si apre nella nebbia alla mia vita recente. Mi dico che sono in purgatorio. Forse è stato l'amore per la piccola e infelice Carrugati a trascinarmi in questo purgatorio?

Sprono la mia bestia e la affianco a quella di Vincenzino. Lui mi strizza graziosamente l'occhio, come usano certi italiani. Un attimo, – e sulla lucida epidermide della sua palpebra vedo, non me ne sono accorto fino ad ora, tatuata una fiammella viola.

Sarà per quella vista, – e la mia voce parla da sé: «È questa nebbia l'avviso della fine del mondo?».

Il musico mi parve ridesse. Mi trattò come fossi uno che scherzasse in modo riprovevole o fossi turbato da una fantasia sinistra. «Troppi assilli in quella testa!» diceva.

«O io o te» risposi.

«Non riuscirai a turbarmi. La panacea, la medicina di qualunque malanno, ordina il mio morale in modi sublimi, secondo un calore uguale e costante. Vedi, io sono libero dagli incubi. Vedi, io sono allegro...»

Incalzavo ripetendogli le notizie apprese da quel suo libretto di oracoli funesti. La conversazione girava su se stessa senza perno.

All'improvviso ci trovammo sotto il sole, la nebbia

restava alle nostre spalle. Un soffio di vento ci aveva liberato dalla cecità. I veli umidi fuggivano verso la montagna e abbandonavano dietro di loro un manto stellato di brina che gemmava ogni cespuglio e i tronchi degli alberi ancora non troppo carichi di verde.

Vincenzino gridò: «La luce!». E sembrava ubriacato di bel tempo, i panni, i capelli fradici di acqua. Dette di sprone al cavallo, e partì di galoppo. Gli tenni dietro a fatica.

Camminiamo per un sentiero che lambisce il fiume, fra un intrico di salici, le cui foglie sono piccoli aghi d'argento. Andavamo cauti, Vincenzino mi precedeva, e sul suo volto, per quei leggeri travagli d'umore che ormai gli conoscevo, c'era la malinconia.

Cominciò a dirmi d'aver capito che a me piaceva il vino. «Te ne sconsiglio» sosteneva: «poiché il vino priva l'uomo del dominio di sé.»

Gli rispondevo che non amavo il vino fino ad esaltarmene, ma non portai il discorso in là, poiché, più il viaggio procedeva, maggiormente provavo un sentimento di vacuità. Forse avevo dissipato me stesso, così come mi era stato rimproverato: impari agli obblighi presi, mi ero abbandonato a una dolce deriva. Avevo presunto di poter impugnare il mio destino, ed ero stato travolto dalla estrema vaghezza del mio carattere. Ero un dilettante: negli amori, negli studi, nella stessa moralità di vita.

Ricordai un viaggio compiuto in compagnia di Sua Grazia. Sua Grazia si compiace dei travestimenti: quella volta si finse, nel partire, un maestro di canto, ed io dovetti fingermi la sua pupilla. Portavo una veste di seta, lunghe calze femminili, la cipria, il neo, il corpetto imbottito, lo scollo dell'abito ovviamente velato da una trapunta. Sua Grazia si prendeva con me qualche libertà in pubblico, e la cosa lo divertiva enormemente. Per mia parte, con un po' di bistro sulle ciglia, il cesto ai fianchi, mi sentivo veramente donna: avevo le mani guantate e giocavo col ventaglio.

Ma Sua Grazia amava, di questo gioco, l'apparenza; o, meglio, l'apparenza lo stimolava a più aggressivi rapporti con la mia natura di maschio: era, nelle libertà che si prendeva allo scoperto, verso quella teso a non violarla ma a esaltarla.

Attraversammo la Renania, in quei panni simulati; partecipammo a una serata nel teatro di Weimar. In un palco affollato, egli esclamò che la mia gonnella celava belle gambe, ma, ancor di più, belle cosce pelose. Provai la fitta di un profondo disagio.

Quando ci trovammo soli, gli rinfacciai che, se egli mi aveva vestito da donna, volevo essere donna e niente altro in presenza d'altri, e che il travestimento era di mio gusto e mi aggradiva.

Mi rimproverò con sarcasmo. Disse che quella mia serietà – di assumere intera intera la parte prescrittami – rivelava la sostanziale fatuità, la genericità di sentire che è propria dei dilettanti, i quali pretendono far sul serio ciò che serio non è, e, per via di tanto, perdono ogni serietà.

Fatuità, dilettantismo: – oh sì!, ho dedicato ogni mio sforzo agli obblighi di Sua Grazia, ma il mio cuore era veramente tutt'uno con essi?

Guardai Vincenzino che mi cavalcava sempre davanti, e giudicai che fosse assai più fatuo di me: – ma egli aveva pur trovato in un vortice di idee bislacche il proprio senno, e per esse, senza incertezze, viveva.

Gli dissi, all'improvviso, – «Il laudano può essere mortale!».

Il viso gli si fece lieto, e mi parve che nel guardarmi ironico fosse per chiedermi, col verso famoso: «È la morte il peggior di tutti i mali?».

Ma per quel suo lieve sorriso un'altra ombra si stese sul mio animo. Il mio naturale dilettantismo, la mia vaghezza di sentire non erano stati poi alimentati dall'atmosfera da me vissuta in città, da quell'impalpabile velo che si poneva in ogni ora fra me e i miei obblighi, e persino fra me e i miei piaceri?

Sovrumanamente sviante, Roma aveva fatto in modo che ogni difficoltà fosse intrisa di un liquore dolcissimo e soporoso. Nell'istante in cui mi sembrava di essere perduto e ubriaco in essa, da essa ero quanto mai lontano, – e la mia volontà non riusciva a congiungersi ad alcun gesto.

I miei pensieri, però, volavano sempre su se stessi, e concludevo che non potevo rendere responsabile di tanto un'intera città, il suo clima, le sue pietre: – responsabile della mia disfatta, se disfatta c'era, ero soltanto io.

Avevamo costeggiato un campo seminato a grano: salivamo adesso per un colle piantato a ulivi. Arrivati in alto vedemmo ancora l'ansa del fiume e di là, di fronte a noi, su un altro colle un oscuro palazzo incastonato come un dente nel tufo.

Sembrava inaccessibile. Sulla parete di pietra si apriva solo qualche feritoia. Stranamente spiazzata, su un fianco si distingueva una loggetta scandita da due sottili colonne bianche. Erano quelle colonnine il segno di una eleganza incompiuta e arresa. Null'altro.

La campagna era, fino alla rocca, singolarmente lugubre, e mentre guardavo lo spazio aperto davanti a me venni preso da una sensazione di insopportabile tristezza. Dico insopportabile poiché non le si univa il poetico sentimento della malinconia che in genere accompagna le immagini della natura quando siano le più cupe per desolazione e spavento.

Quelle mura lontane spiravano freddezza, ostilità;

radi filari di canne, e bianchi tronchi rinsecchiti, riempivano la vallala come fossero i resti di una devastazione. Il cuore fu invaso dal gelo, e la mente da uno strano, assurdo malessere che la rendeva inerte a ogni stimolo della fantasia.

Nel fondo della valle c'era uno stagno d'acque grigie e morte: là, con Vincenzino, ci soffermammo per ristorare i cavalli.

«Siamo arrivati» disse il musico, e fece un cenno verso il palazzo, – adesso più vicino, e che si specchiava capovolto, sinistro, in quella palude.

Il cielo si era fatto di cenere e la luce era vaga ma senza languore. Per raggiungere la rocca aggirammo la collina.

IX

... così che quando fummo là mi accorsi di una intesa fra loro. Era una tenera intesa. Superato l'arco aperto nella muraglia, arrivati in un vasto terrazzo o giardino pensile appena ingentilito da vasi di lauro, – Vostra Grazia non creda esso fosse un geometrico giardino italiano: non c'era prato né siepe, ma soltanto i vasi, quattro o cinque, allineati verso la balaustra che guarda un orrido, ed erano divorati dal muschio, e il lauro che vi cresceva era bruciato dalla tramontana, – dunque, arrivati su quel selciato, si schiuse la porta della casa e ne uscì l'uomo che capii essere don Marcello.

Non alto, asciugato nelle membra, la giovinezza fioriva a stento nel suo sguardo sensibile: – occhio chiarissimo, una pupilla quasi di perla, il naso aquilino, nobile nel disegno. Portava un piccolo cerchio d'oro al lobo dell'orecchio destro: capelli spiritati, evidentemente mai racchiusi dalla parrucca, di un biondo cinerino che pareva l'essenza sbiadita d'un qualsiasi colore. Si affrettò verso il musico, e lo abbracciò con effusione singolare. Bisbigliavano scambiandosi sorrisi e parole bocca nella bocca, ma la loro non era tenerezza amorosa o erotica: pareva il segno di una lunga confidenza che si riallacciava in quell'attimo, una confidenza iscritta in chissà quale codice dell'amicizia.

Il musico diceva, «Sì, sì»: poi ascoltava il sussurro

che l'altro gli indirizzava. Nessun galateo in quell'incontro. Io rimasi immobile presso il mio cavallo con la sacca da viaggio a terra.

Si incamminarono verso la porta del palazzo. Don Marcello teneva la mano sulle spalle del musico: era una mano fragile, scossa da un tremito leggero, forse provocato da un tendersi dei nervi difficilmente domabile.

Quanto a me, soffrivo l'incomodo del mio stato: ero un estraneo. Fu una fortuna che Vincenzino si voltasse a un tratto dalla mia parte dicendo, «Vieni». Don Marcello non fece alcun caso al suo gesto. Li seguii.

Sulla porta erano usciti una coppia di servi, un uomo d'età e una donna, che si affrettarono verso la sacca di Vincenzino e la mia. L'uomo, addirittura, baciò la mano del musico.

Entrammo in un'aula vasta, dalla volta profonda, dove si respirava un fiato umido e gelido. La luce del giorno, sbarrato il portone, veniva cancellata: restava il chiarore di una lucerna a farci strada verso la scala. L'uomo mi prese per il polso, e mi condusse su per i giardini. Persi nel buio i due amici, ma udivo il loro sempre più fievole bisbigliare.

I calli della mano del vecchio erano spessi come cuoio. Avevo ribrezzo di quelle dita, ma mi lasciavo condurre. Sparimmo, oltre l'alone di una nuova lucerna, dentro un budello mattonato. Il buio si era fatto impenetrabile. Sembrava non esservi, in quel luogo, niente tranne che muro; e provai l'angoscia della follia, quasi il vecchio ed io fossimo prigionieri senza scampo fra infinite pareti.

Il vecchio spalancò una porta e la luce del giorno mi venne incontro di nuovo.

Eravamo in una stanza spaziosa dove si apriva una finestra protetta da vetri piombati. C'era un bel letto con baldacchino di legno, un camino in cui ardeva brace abbondante: un mastello di rame vi si scaldava; non mancavano altre suppellettili, un cassone da ripostiglio, un tavolo, alcuni panni di lino, due lampade a olio. Presso il camino c'era una tinozza. L'uomo mi dice che tutto era pronto perché mi spurgassi del viaggio. Disse così e io mi sentii una lumaca pronta a bollire.

Avevo il cuore lacerato fra allarme e indifferenza. In quella casa ero un ospite atteso, – ma atteso a che cosa?

Avrei voluto gettarmi sul letto, restar solo a riflettere, ma quell'uomo, deposta la mia bisaccia sul cassone, non si muoveva, e mi fissava con uno sguardo di cane.

Sotto il tavolo vidi una brocca d'acqua. L'acciarino, una pagnotta, un coltello, una ciotola col sale erano accanto a una lampada. Un senso di disagio, di pena, mi avrebbero spinto a divorare, avido e distratto, quel pane. Cominciai, invece, a togliermi i panni di dosso.

Spogliandomi guardavo il vecchio, e il suo sguardo canino sembrava eternato da una pittura. Mi ero tolto le brache, mi sfilavo le calze, e lui andò al fuoco: prese il mastello, e ne rovesciò un po' del contenuto fumante nell'acqua della tinozza.

Mi aiutò nel bagno: mi strofinava la schiena con le mani dure come striglie, prendeva acqua tiepida e me la calava in testa. Me ne stavo seduto con le ginocchia al mento, e pensavo alla sorte sibillina che mi conduceva cieco alla ricerca di qualcosa di cui avevo perso il sentimento.

Il vecchio ed io non avevamo scambiato molte parole. Tacitamente, egli aveva preso a lavarmi: per mia parte, ero rimasto zitto. Poi il silenzio mi divenne intollerabile, e, uscendo dall'acqua, a lui che mi porgeva la tela perché mi asciugassi, domandai: «Vedrò la principessa Marianne alla cena?».

Il crepuscolo allungava le ombre nella stanza. Eravamo illuminati dalla brace del camino. Avevo pronunciato con voce chiara la domanda. Il vecchio non rispose.

Tenni a bada il mio furore. Ero avvezzo a non avere, su quell'argomento, risposte: – sempre bocche sigillate, visi sordi nell'espressione. Tacqui ancora. Indossai i miei panni, aprii la bisaccia e ne tirai fuori il volume delle *Metamorfosi* di Ovidio che mi ero portato da lettura.

La notte inseguiva il sole: sfogliai il libro, e le parole fuggivano nel lume incerto. Cercavo la lotta marina di Perseo, quel verso così aereo e insanguinato, – *ille avidos morsus velocibus effugit alis*, – e non lo trovavo. Guardai il vecchio, che stava trascinando la tinozza del bagno verso la porta, e gli chiesi come si chiamasse. Rispose, «Santino», e disse il nome con una voce allegra e squillante che fino ad allora non gli avevo udito. Intravidi uno sguardo pungente, la bocca devastata, e i pomelli rossi delle gote che lo sforzo gli infiammava. Ero accorato.

Santino sparì con la tinozza; poco dopo tornò con una bracciata di legna che sistemò presso il camino. Accese una lampada e restò a fissarmi con gli occhi ironici.

«Cosa facciamo, qui?» gli chiesi.

L'apparizione improvvisa di Vincenzino fugò quegli assilli. Il tragitto verso la scala, percorso con lui, mi parve adesso privo di ogni allarme...

... nella stanza vuota. Due tagli di arazzi erano gettati in terra: niente altro. Nella stanza appresso c'era un tavolo, le sedie per mangiarvi, e tanti portacandele: moltissimi affiancati sui mattoni del pavimento.

Le luci baluginanti rendevano solenne il gran spazio vuoto, e antichi affreschi sulle pareti e sulla volta, una scena di caccia cui partecipava scendendo dal cielo Diana come un angelo in volo, tremolavano al chiarore e sembravano dolcemente animarsi.

Don Marcello, che ci precedeva, andava dicendo a Vincenzino: «Quanta gioia mi hanno dato le tue ultime lettere, carissimo: non posso dirtelo abbastanza, e mi hanno abbondantemente ricompensato dell'angoscia in cui ero caduto».

Parlava di "angoscia", ma il suo volto era chiaro, e quasi dipinto da un sorriso perenne. Vestiva una inquartata bianca di cera, senza ricamo, né la sua camicia era adorna di merletto: era un bianco severo, non punteggiato da alcuna gemma. I bottoni della camicia erano anch'essi di stoffa candida.

Si voltò verso me, sempre dolcissimo: – «Un antiquario». Mi parve che il suo sorriso si accentuasse, ma la sua espressione era così ineffabilmente delicata da potervi percepire alcuni mutamenti senza che essi fossero sottolineati da alcunché.

«Chissà di quale forza paziente voi siete armato, amico mio. Il pietrificato passato della vita umana mi ha sempre turbato lo spirito. Esiste questo passato, in definitiva?»

Il tono della sua voce invitava a non dar peso alla domanda. Egli stesso si distraeva da essa, voltandosi ora verso Vincenzino – e gli accarezzava il capo, – ora avvicinandosi ai tizzoni del camino e sommuovendone la fiamma imprigionata dalla brace.

«Eppure ho amato molto le sardoniche incise, e le corniole. Poi le ho donate a chi mostrava compiacersi di esse...»

Non riuscivo a seguire il suo ragionamento. Gli guardavo le mani tremanti: con le dita andava a plasmare l'aria, le ritraeva improvvisamente verso il cuore e le stringeva alla sua magra figura con uno spasmo. Gli saliva talvolta dalla gola un singhiozzo leggero, che gli spezzava la parola sulle labbra: socchiudeva, a quel punto, gli occhi come per una richiesta di scuse, e proseguiva.

«Viene dal passato una qualche ebbrezza, è vero. Dico che questa ebbrezza viene dall'immaginare il passato... Amico mio, vorrei confessarti che la vera ebbrezza è di profilo diverso.»

Il suo ridere, a queste parole, dette nell'allusivo. Io mi chiedevo chi fosse costui: – forse un mago?

A tavola, dove mangiammo semplicemente verdura e uova fritte, eravamo soltanto in tre. Don Marcello taceva. Fra i miei occhi e i suoi erano nove fiamme di candele calzate in altrettante bugie di rame. Vincenzino parlò del viaggio, della nebbia, aggiungendo che a Roma avevamo lasciato «giornate perverse». Disse così, «perverse». Per non sapere che dire gli chiesi il perché di quel «perverse». Vincenzino non mi rispose, e ogni conversazione si spense.

Mi accorsi che don Marcello, più che mangiare, frugava nel piatto con la forchetta e portava scarsissimo cibo alle labbra. Chiese una mela, e chiudemmo il pasto con le mele. Ci serviva il vecchio Santino, strascinando i passi attorno a noi.

Si consumavano le candele: don Marcello, armeggiando paziente con la molla inserita nel fusto della bugia, faceva salire in su quelle più fiacche. Il silenzio fra noi si fece straziante.

Poi Vincenzino si alzò in piedi, e si allontanò dalla stanza. A scorno di qualunque cortesia, lo imitai, lo inseguii. Gli chiesi, a bruciapelo: «Lei dov'è?».

«Non hai capito ancora?» mi disse lui, sgranandomi in viso quei suoi occhi umidi e fastidiosamente alteri.

«Cosa, e perché!» replicai sdegnato.

Fummo raggiunti, in quella penombra, nella stanza vuota accanto a quella dove avevamo fatto cena, da una giovane ragazza bionda, il volto ovale e pieno, gli occhi color nocciola: anche lei vestiva un abito di lana bianchissima. Interrogò, con una voce calda e leggermente roca, «Chi siete?». Poi riconobbe Vincenzino, ed ebbe per lui parole affettuose.

Interruppi quella scena di cordialità, e parlai concitatamente: «Ma don Marcello conosce il motivo della mia venuta a Santa Maria?». Lo sguardo della ragazza si fece spaventato. Aggiunsi: «Si sa perché io sono qui? Come spiegherai a questa fanciulla chi sono io?».

Un fruscìo di vesti, e apparve nella camera, quasi danzasse, ma anche sgusciando dall'ombra come un fantasma, grazioso fantasma all'aspetto, Angela.

Mi parve troppo. Gridai, «Che fai qui?». Ma venni preso per mano da lei, e trascinato con una foga che vinse ogni mia resistenza. Sbatterono gli usci, e ci trovammo al buio in un andito che pareva soffocare le parole che vi si pronunciavano.

Ripetei, «Che fai qui, maledetta spia?».

«Sono qui in tuo soccorso.»

Mentiva: sempre artefatto era il suono delle sue parole. L'ira mi travolse, e la presi per le braccia scuotendola con forza, «Maledetta spia».

Che momenti orrendi vivevo. Vostra Grazia non crederà alla revulsione di cui ero preda: da un lato, era viva in me l'atroce certezza che tutti i miei sforzi erano andati invano, che io ero al centro di una beffa nata chissà quanto lontano e chissà con quale intenzione; dall'altro, l'istinto a sapere non cessava di mordermi l'animo. Così, invece di porre mano a partire, come ogni uomo di raziocinio avrebbe fatto, restai là.

Vana era l'ira: mi appiattii contro la parete e soffrii l'inanità di tutti i miei sforzi. «Dov'è lei?» dissi.

Trascorsero momenti di silenzio. La voce di Angela chiese: «Lei, chi?».

«La principessa Marianne.»

Angela mi prese di nuovo per mano. Andammo avanti nel buio: io alla cieca, lei procedendo spedita.

Si spalancò una porta: i miei occhi vennero investiti da un lume di torcia. Intravidi Santino. Il vecchio si inchinò al nostro passaggio: ancora stanze deserte e vuote, poi scale a discendere.

Angela aveva preso fra le mani la torcia e andava come il vento. Passammo un cortile: una porta inchiavardata cigolò dura sui cardini. Di là dal cortile – all'aria aperta avvertii il morso violento del freddo, – Angela sollevò una pesante impannata di cuoio che pendeva dietro una bussola. Eravamo in una cappella: la volta a botte, quattro snelle colonne di marmo chiaro sorreggevano una cassa di noce decorata, nel gusto del rococò, a pittura di porporina dorata.

Ebbi davanti agli occhi una foresta di candelieri ardenti, una luce chiarissima; le mie narici furono invase dal penetrante profumo delle rose. Infatti, un polverìo di fiori rossi e gialli, cremisi e bianchi colmava gli angoli del piccolo vano. Sotto il baldacchino era l'altare, un banco di pietra, al cui centro era piantata una croce d'argento sbalzato.

Angela si fermò all'ingresso, quasi a darmi il tempo di osservare il luogo: poi disse, a voce squillante, una voce di sfida, «Guarda».

Ma io non seppi cosa guardare. La cappella non appariva frequentata, pure se piena di quei fiori e di quelle candele. Nel baluginare della luce, la sommità del baldacchino era chiaramente devastata dal tempo, e nessuno aveva pensato di riacconciarla. Osservando meglio, fiori e candele, mi accorsi che vasi e candelieri erano stati portati là e disposti alla rinfusa, senza ordine alcuno o piacere di un qualche ordine.

«Guarda» ripeté Angela.
«Dove?»
«Laggiù.»
L'abside mi era chiusa alla vista da tre gradini che conducevano all'altare: là sembravano esservi più rose e più luce.
Avanzai a passi timorosi su un impiantito di pietre disposte a stelle, a fiori geometrici...

dal diario

Incontro don Marcello sulla soglia della cappella. Porta una torcia in mano. Mi si avvicina, guarda Angela: mi sfiora con le dita il viso. Poi mi prende per il braccio.
Ho le membra impietrite, cammino a stento. Ripercorriamo gli anditi scuri. Angela ci segue. Un mesto corteo che pare procedere verso una meta determinata: – ma io non so quale.
Non basta la fiamma della pece a schiarire questa notte. Oh, mente mia sconfitta!

Siamo nella stanza di don Marcello. Bruciano nel camino i tizzoni. Il musico suona il flauto, e Ortensia, la ragazza dagli occhi color nocciola, canta. Canta con grazia, accarezzando un gatto grigio che tiene in grembo.
Malinconica è la nota della canzone. Dicevano le sue parole,

No, no, non si speri,
è morta la speme!
Piangete pensieri
a bruno vestiti
nel vostro dolore...

Avrei dovuto avere l'animo di domandare, «Quale dolore?».

Don Marcello mi guarda fisso negli occhi. Il suo sguardo è dolcissimo, e pare non avere pensato che a me l'intera vita, quasi mi avesse intimamente conosciuto e fra noi fossero stati chissà quali teneri trasporti. «Perché hai voluto vedere?» mi chiede.

Vincenzino non cessò di suonare il flauto, né Ortensia di cantare con la voce fioca e rotta.

Era tutto comprensibile, ormai?

Don Marcello mi spinse a sedere presso il camino, e mi venne accosto. Mi prese le mani fra le sue, e mi chiese: «Cosa hai visto, ora che sei arrivato al cuore della cosa?».

In terra, dietro l'altare della cappella, in una bara di noce, sotto una lastra lucente di cristallo, era adagiato il corpo senza vita della principessa Marianne.

Il viso scarno e dolce, i capelli divisi in due bande alla fronte, un vestito di seta turchese ricamato a fiori bruni, nelle dita intrecciate le perle di un rosario, e accanto ai suoi piedi la testina di marmo candido – il suo ritratto! – che avevo già visto a Roma, fra le mani del principe, al campo Vaccino.

Il colore delle mani, del viso: una cera compatta, quasi murata, con orli che parevano rancidi.

«È una stregoneria!» dissi a don Marcello.

E lui, sempre trattenendomi le mani fra le sue: «È vero. Somiglia a una stregoneria. Ma perché soffri tanto? Conoscevi Marianne?».

Dico che è quasi l'avessi conosciuta: conosciuta assai più che per averla vista dipinta su un cammeo. L'avevo conosciuta fra i pensieri incalzanti di un dovere da assolvere. Ed ora, invece? Ah, quella canzone – «è morta la speme!».

«Sarebbe stato assai facile per me capire che la principessa era morta. Forse, non l'ho voluto capire.»

«È così, amico mio: perché dovrebbe essere altrimenti? Ciò che ci sta a cuore, e che amiamo, ci sorride col sorriso dell'eterno. Ormai, Marianne è eterna oltre la nostra memoria. Sotto quel cristallo Marianne durerà...»

Angela mi venne vicina, e mi disse, «Sono antiche pratiche, le pratiche dell'Egitto».

Gridai: «Strega».

«Tu sei invaghito delle pietre. Credi che i marmi affondati sotto l'erba di Roma conservino l'impronta della vita. Ma la pietra, comunque ci appare, è pietra, un oggetto muto dentro cui non c'è che gelo. Il corpo di Marianne, invece, è ormai un destino...»

Don Marcello sospirò, quasi le parole che aveva pronunciato non riuscissero a contenere tutto quanto aveva da dire.

Il canto taceva, il flauto anche. Vincenzino aveva moti di riso per me incomprensibili. Ortensia mormorava, «Lasciate che dorma».

«Chi?» chiesi. Mi accorsi che piangevo, e le mie guance erano infocate.

Pensarono darmi un cordiale, una tazza fumante dalla quale avrei ricavato riposo. La rifiutai.

La tazza era stata portata con fare guardingo dalla vecchia di casa. «Bevi, ninno» mi aveva detto, mentre con gli occhi mi spiava severa. A me sembrava essere rimasto solo.

Gli altri erano spariti.

«Come è morta?» domando alla vecchia. Ma lei insiste perché io beva. Faccio cenno di no, e ripeto, «Come è morta?».

Don Marcello, partorito dal buio, è accanto al fuoco: si avvicina a me, e prende ad accarezzarmi di nuovo le mani.

Dice: «È stata fortunata: la sua natura era più docile di quella che ciascuno di noi spera possedere. Docile alla volontà segreta dell'animo».

Parlava e mi accarezzava adesso la fronte: «Perché non bevi? Cosa temi? Ciò che vorrei tu bevessi non altererebbe le facoltà del tuo intelletto. Al contrario: esso spazierebbe più lucido, più lungimirante sul paesaggio desolato di questo mondo, e ne ricaverebbe motivo di pace. Oh, se soltanto tu volessi provare quanto di divino c'è nel tuo cuore!».

La vecchia ci aveva lasciato, e Ortensia era tornata a cantare.

«L'avete uccisa» dissi.

«Avevo un amico poeta. Amava scrivere versi disponendoli in forme di rosa. Fu ucciso di notte, in una vigna. Conosci le vigne oltre i prati di Castello? Di là, quasi alla valle dell'Inferno, il mio amico fu sorpreso e ucciso. Lui, che aveva aspetto sempre ridente, fu trovato con una maschera di strazio indicibile impressa sul volto. Quando vidi il suo corpo dilaniato, mi parve quello di uno sconosciuto. Gli uccisi cambiano faccia nel punto di morire. Marianne ha, invece, ancora il sorriso sulle gote, come dormisse e ridesse.»

«È morta di prigionia, di clausura.»

Ortensia cantava di nuovo.

Selve amiche, ombrose piante,
fido albergo del mio core,
chiede a voi quest'alma amante
qualche pace al suo dolore.

Dissi: «Voi fate teatro di una morte».

Don Marcello: «Prigionia, clausura, teatro – la tua mente vaneggia. Credi alla morte come a una sorte maligna. Non starò a dirti che è una consolazione: ma la morte è la libertà. Nel mondo, nella vita avvengono intollerabili mutamenti: – non credi? La vita diventa prigionia, clausura, cilicio per il corpo e per l'intelligenza. A quel punto si può desiderar morire. Ma come? Nella delizia più alta, mentre la mente sembra, come dice il filosofo, *ponderibus librata suis*. Giurando con gli amici amicizia eterna, versando lacrime di gioia, si vive una felicità che trasumana: – a quel punto, cosa credi sia la morte? È solo il punto di svolta, neanche un'infrazione: è il passo che porta più in là. Non disperare: Marianne è felice...».

Io: «Tu sei ubriaco».

Don Marcello: «Sì, ma non del vino che tu credi».

Fece un cenno a Vincenzino, e il musico cessò di suonare. Ortensia tacque.

Don Marcello: «Il tuo amico parla di ubriachezza, Vincenzino. Digli cosa è un bicchiere di vino con laudano, caldo e senza zucchero».

Io: «Voi siete ammalato, signore».

Lui: «Anche questo è vero. O, meglio, ero ammalato, finché non ho trovato il modo di curare il malanno che in me produceva la vita, quella vita che tu adori senza sapere quanto dolorosamente scava nelle tue viscere...».

Io: «Voi siete matto, signore».

Don Marcello: «È la mattana della salute senza fine».

Si allontanò, e andò a sdraiarsi sul suo letto: si era mosso a passi languidi, e mi lanciò uno sguardo di tale mitezza da commuovermi. Continuò a parlare con un filo di voce, un sussurro: «Amo la musica, poiché la musica mi spiega dinanzi, come in un arazzo, tutta la vita, senza i dolori che ho provato.

Ho davanti la vita non come richiamata da un atto di memoria, ma interamente presente, incarnata dalla musica: e quel che in essa fu doloroso incidente, si mescola a tale vaporosa astrazione per cui tutto si esalta, si spiritualizza e si fa sublime.»

Era adesso rovesciato fra i suoi panni, e pareva sognare non so che paradiso.

Vincenzino riprese a suonare il flauto. Suonava una pavana, e le due ragazze, intrecciando le dita, la danzavano.

Che assurdo miscuglio di soavità e di perversione. Distolgo lo sguardo dal ballo e fisso la brace e la sua luce d'oro.

Don Marcello sogna, svapora. Nel sorriso che gli tinge le gote, di scorcio, per l'alone luminoso del camino, gli vedo una piega sottile di sofferenza: – il suo paradiso deve avere il sapore dell'aceto, di smemoratezze voluttuose.

Se è così – ed è così, ahimè: la sua pupilla chiara brilla di luce fiochissima, – perché invocare la morte? Di che speranza si nutre questa morte?

Guardo ancora gli occhi di don Marcello: sembravano ora puntare un angolo lontano del soffitto, dove bianche mani spalancavano finestre segrete, e venivano giù mazzi di viole, perché fuori è una notte di primavera.

Ho perso gli occhi esaminando l'arenaria smaltata di una brocca fiamminga: una spirale colore del latte avvolgeva il capo di una gorgone e la rendeva creatura gentilissima. Un subdolo ammiccare si trasformava in uno sguardo di quieta arrendevolezza: le pupille della maga erano cerchiate di brillante smeraldo, e parevano sprigionare miriadi di scintille.

Le mie ciglia si disfecero in fili d'oro che corsero fino alle pareti. Era quella, forse, la mia stanza?

Ebbi l'impressione fondata che il mio corpo fosse trasparente, e davanti a me fosse un oceano dominato dalla calma serena del cielo. La febbre, il tumulto, la pena del cuore erano sospesi. Fiorirono illimitate speranze: sembravano conciliarmi con la pace divina che deve essere quella della tomba. Eppure non subivo alcuna inerzia: ero invaso da una tranquillità che pareva risultare da antagonismi imponenti e uguali, infinita vibrazione, infinito riposo.

Gli occhi, gli occhi: un'ossessione negli occhi, per cui guardo e sono guardato. A chi appartenne il mio sguardo? Le due ragazze intrecciavano ancora le dita e danzavano.

Fu Vincenzino, il mattino dopo (ma era proprio il mattino dopo?), a dirmi: «La principessa si guardò bene dall'obbedire ai consigli. Superò velocemente la moderazione. Cinquanta, sessanta e più gocce di laudano erano per lei nulla: e aveva il cuore debole. La felicità diventò un vizio delle sue voglie. Ella ha spasmodicamente desiderato morire così: di felicità».

Dalla lettera di monsignor Passionei
a Sua Grazia

... Non so dirvi, al punto in cui sono, se il nostro giovane faccia uso dello sciagurato elisire. È vero che egli, a mie domande pressanti, intese rispondere confusamente. Non spiegò se vide la spoglia della vostra graziosa figliola la sera stessa del suo arrivo. Si contraddisse. Parlò di alcuni giorni trascorsi nell'angoscia e nel dubbio più estenuanti: elusivo don Marcello, elusivi gli altri di casa.

Quindi mi disse che il medesimo don Marcello gli raccontò d'aver predisposto per l'eterna conservazione del corpo principesco della sventurata principessa. A mia nuova domanda improvvisa, rispose di non aver visto alcun corpo. Aggiunse di aver visto, casomai, una tomba; poi un ritratto, un ritratto marmoreo, – e commentò che quel ritratto era di squisita fattura, degno di un Canova e della celebrazione versificata di un Vincenzo Monti.

Scoppiò a piangere: tra le lacrime confessò, infine, d'aver visto la teca, il cristallo, i fiori di rosa, le candele. Disse di aver provato a narrarvi tutto ciò in una lettera, e d'aver poi smesso poiché gliene mancava il cuore. Diceva che ormai gli erano note consolazioni difficili ma reali, e soltanto così poteva medicare il sentimento di sconfitta, di vanità che il viaggio a Roma aveva accumulato nel suo animo. «Non desidero la morte» commentò: «desidero piuttosto languire infinitamente: e con Sua Grazia ogni rapporto è concluso».

Gli chiesi di meditare sulle ragioni di quanto aveva visto nel lungo mese trascorso a Santa Maria in Velata. Rispose: «Ho visto la disperazione congiungersi alla speranza». Ma quale disperazione e quale speranza? – domandavo.

Diceva: «La vostra fede libera la morte di ogni incubo. La vita è per voi una onesta attesa: la morte, la soglia della beatitudine».

«Ebbene?» chiedevo.

«Costoro, don Marcello, la principessa Marianne, hanno perso quella fede, e non ne hanno scoperta altra diversa. Hanno cercato di vivere come se avessero qualcosa nel cuore, per cui l'attesa della morte non fosse l'orribile cosa che è...»

«Lo so. Ebbene?» ho ripetuto.

E lui – aveva gli occhi intrisi di tutte le sue lacrime, e un'espressione di irrecuperabile disfacimento sul volto – disse ancora: «Come se... Capisci, amico mio? Come se. La loro è un'illusione che può portare alla morte. So bene che la tua fede non porta a morte alcuna: ma tutto dipende dal modo in cui questa fede è vissuta. Io, ora, vivo di un contagio dal quale è difficile guarire».

Gli chiesi se egli bevesse quel laudano maledetto. Negò: era vittima di un diverso contagio. E quale? – insistetti. La mia insistenza gli provocò un'ironia feroce. Insinuò che la mia fede, al pari della fede di tutti i cristiani, altro non fosse che "l'abito della paura".

Il mio spirito di carità fu travolto, e lo cacciai di casa.

Vostra Eccellenza conosce l'indole delicata di quel giovane. Il giorno appresso egli tornò da me, ed era animato da un visibile bisogno di confessione.

Non fece cenno a quanto di crudo la sera precedente ci eravamo detti. Prese a parlare con dolcezza.

«Una mattina avanzata, quando il violetto e il porpora che tingono gli orli bassi del cielo si dissolvono nel cristallo radioso della luce, don Marcello volle parlarmi. Era avvolto in una cappa di feltro grigio. Passeggiavamo fuori della cinta muraria del castello, ed eravamo avviati su un sentiero che porta alle stalle dei bovi e degli ovini. Un ponte d'assi scavalca un orrido al cui fondo schiuma un torrente. Fermi sul ponte, don Marcello sembrava parlare per sé: "La felicità è sempre accompagnata da strazio funesto. La grande luce di questa mattina è una sofferenza per i miei occhi, ma sono dovuto uscire dalla stanza perché ho il corpo convulso da un noioso sudore". Aveva infatti la fronte imperlata di gocce, i capelli bagnati. Seguitò: "La mia mente non è agile. Tutti i miei nervi sono assopiti in una dolorosa negligenza. Te ne stupisci? Alla felicità del laudano bisogna pagare qualche moneta, un piccolo obolo". Sorrise, ed io sorrisi con lui. Feci per muovermi dal luogo dove eravamo. L'altezza del ponte mi dava qualche vertigine. Lui mi trattenne. "Qui soffia un venticello di tramontana. Lo avverti anche tu? Mi giova: mi rinfresca." Fece per respirare a pieni polmoni l'aria della valle; e continuò: "Mi sono accorto dal tuo sguardo che sei spaventato. Non capisci: non arrivi a capire tutto quanto è accaduto. Eppure è semplice nella sua terribilità. Sono fuggito da Roma, e Marianne è venuta con me". Mi scrutò con astio. "Non credere alle prime idee che questa fuga può disegnare nella tua mente. Nutrivamo l'uno per l'altro lo scambievole affetto consentito a due cognati. Marianne si convinse di ciò di cui io ero convinto da lungo tempo. Ti parrà una follia, o un'astuzia atroce del destino: – noi due provammo paura di tutto quello che non potrà non avvenire." Tacque e sorrise.»

Anche il ragazzo, sul tacere di don Marcello, tacque. E io gli domandai di quale futuro parlasse il fratello del principe. Mi rispose in modo vago, con difficoltà. Voleva dire e non dire. Accennò "ai fatti di Francia"; poi aggiunse che la Francia era "lontana, ma le idee camminano".

Disse: «Le idee fanno violenza al mondo, e la società è malleabile come cera. In alcuni uomini, invece, si verifica una strana resistenza alla resa».

Lo incalzavo: gli chiedevo di spiegare meglio il suo pensiero.

Proseguì: «Don Marcello si mosse dal ponticello. Passammo di là dall'orrido, e il sentiero si inoltrò in un folto di querce. Al sole, c'era una vasca abbandonata. Dal fondo limaccioso, tra erbe pazze e carnose, fiorivano corolle di nenùfari. Don Marcello me li indicò: "La grazia di quei fiori gialli vale più di qualsiasi altra cosa. Mi inebriano come una tazzina di moka nero, come le gocce del laudano".»

Il ragazzo si fece pensieroso: poi, sorridendo mi prese per le spalle; era felice. Disse, «La Francia è lontana». Mi scuoteva: «Basta niente per godere della grazia, – la grazia dei nenùfari, di un caffè turco, di una antica medaglia. Tutto può cambiare, la rivoluzione soffocare con le sue vendette ogni sogno e ogni bene minuto, la storia può lacerarsi: la grazia resta. Noi dobbiamo vivere di mutamenti, in un mondo che è creato per il mutamento. Siamo polvere d'acqua in un banco di nebbia, in una nuvola». «E il laudano?» gli chiesi.

«Tornammo lentamente verso il castello» proseguì. «Incontrammo Angela e Ortensia che discorrevano fra loro presso la grande balaustra d'ingresso. Là accanto, sulla soglia di una stalla, apparvero due giovani pecorai: non portavano giacchetta, avevano le brache arrotolate sulle ginocchia, i piedi nudi, le braccia nude. Mani, gambe, la faccia persino: tutto sporco di sangue. Le mani grondavano: – avevano macellato una pecora e due agnelli, e ci guardavano abbrutiti, quasi avessero lottato, le labbra aperte. Uno di loro, con il polso, si scostava il ciuffo dei capelli dalla fronte, e soffiava tra i denti. La stalla, alle loro spalle, era allo scuro: il sole, invece, gli andava in faccia, e il sangue sulle loro membra era lucente e vischioso. Le bestie macellate e scuoiate pendevano ai ganci, il ventre aperto: – e le viscere erano acciambellate in un catino. I due cominciarono a risucchiare e a pulire, una mano con l'altra, il sangue che avevano sulle dita. Don Marcello impallidì: li guardava e tremava. Il suo sguardo era affascinato e stupito. A me sembrò che il suo corpo non riuscisse a dominare lo stupore: i suoi nervi vibravano. Curvò le spalle, si tenne stretto al mantello che lo copriva. Il suo collo nudo pareva, se possibile, essersi fatto ancora più cereo. Angela e Ortensia si avvicinarono a noi: ci osservavano in silenzio, ora lui ora me. Non avevo cosa dire. Ortensia si accostò ancora di più a don Marcello, e con dolcezza lo prese per la vita. Gli canticchiò nell'orecchio la canzone dell'*Amante savio*:

Fuggite, schernite, amanti, ogni pena;
che l'aria serena
svanisce in poc'ora...

«Lui si scosse: guardò la ragazza teneramente. L'affanno del suo corpo sembrava dissolto. Disse: "Molti miei simili si sono fatti eruditi, filosofi, cittadini dell'universo. Ci sono tanti modi per ingannare l'attesa, il futuro o la morte. Io ho preferito la campagna, la musica, qualche frivolezza solitaria, qualche goccia di nepente". Poi fece un cenno ai due macellai, come per dire loro, "Via, via". Ma quelli restarono dov'erano. Ci allontanammo noi dal luogo, diretti verso la scala di casa, a passi lenti. Don Marcello diceva: "C'è una cruda severità suprema in quel sangue. Chissà!...". Ortensia cantava ancora:

Sdegnate, sprezzate la gioia d'Amore,
dà lungo il dolore,
dà breve il contento...

«Ecco, amico Passionei: questo è tutto.»

Vostra Grazia può comprendere il mio sconcerto. Le sue parole trasognate mi avevano profondamente irritato. Il suo bisogno di confessione si era perso nel capriccio. Glielo dissi. Il nostro Hugo mi rispose che il capriccio era la sua medicina e, insieme, il contagio di cui soffriva.

«Il capriccio è il paradiso. Può essere capriccioso morire: ma quella morte è un guadagno della libertà.» «Quali oppressioni ti perseguitano?» domandavo. E lui aveva preso un'aria sorridente che sembrava un vero proposito di sfida. Gli dissi che della morte della principessa era complice anche lui, con la sua distrazione. Candidamente, mi rispose: «Don Marcello mi ha spiegato che Marianne si salvò da sola nella morte. In virtù della fede, amico mio, tu sai che morire è nulla: – lo dimentichi per umano egoismo quando ti trovi davanti non più all'astrazione ma a una morte specifica. Marianne non è più, e il tuo credo sparisce: crolla nella disperazione».

Egli vagava ormai nel terreno dell'eresia e dell'odioso materialismo. Tentai parlargli del peccato mortale. Mi espose le sofferenze acute cui il laudano avvia. Era quanto gli aveva illustrato don Marcello, sosteneva. Incubi notturni: – ogni evocazione di immagine avvenuta nella veglia si trasferisce nel sogno fino ad assumere insopportabili splendori da sconvolgere il cuore più duro. Quindi, discese in voragini: – voragini senza luce, caliginose, dalle quali l'unica sortita possibile appare il suicidio. E, ancora, dilatazione degli spazi: – edifici che lievitano fino a toccare un'estensione indicibilmente infinita. Altrettanto, la dilatazione dei tempi: – la durata di una notte, trasformata in una esperienza che scavalca ogni limite umano... «E al di là di essi, amico mio, l'orrore!» esclamò concludendo, travolto da chiaro spavento, che, senza mezzi termini, a me parve lui stesso avesse vissuto.

Tremava, allora lo abbracciai. Ma quell'abbraccio lo considerò pari a un insulto. Mi respinse con violenza, e fuggì, – stavolta per sempre. E non ne ho avuto altra notizia che quella già riferita: – è partito in compagnia di Angela, la ragazza della nube d'oro, non si sa per quale destinazione. Neanche del giovane Antonio ho più notizia.

Ultimo foglio del diario di Hugo

Faccio sdraiare così la mia Angeletta su uno scoglio nero di lava. Ella si addorme, stretta nel suo abitucchio di cotone. È supina, le mani giunte: il sole sfarfalla attorno a lei: il venticello le fa volare i capelli e il nastro di ermesino. Il profumo del mare arriva fino a noi. È una radiosa morticina. Io la copro di calendole strappate ai vasi, di garofanetti rosa, di geranei. Mia principessa senza destino, mia poesia e arte non più sepolta...

X

Misi punto. Sollevai lo sguardo dalla pagina scritta. La mia fatica era compiuta. Sul tavolo giacevano più di un centinaio di fogli compilati fittamente a mano.

Respiravo quietamente. Mi chiedevo cosa fare.

A lavoro concluso, però, più di un interrogativo restava sospeso come fosse un'ombra del mio cuore. L'incompiuto destino del giovane Hugo lasciava dietro di sé un filo di nebbia che velava altri destini. Donna Prospera, o il duca di Sermoneta, la bella Ortensia, Vincenzino, e tutti gli altri: – chi furono, e da quali quinte erano sgusciati alla luce?

L'enigmatica figura di don Marcello, di là da quello che avevo trascritto di lui, non nascondeva alla vita chissà quale altra lunghissima vita da vivere?

Non sapevo, nelle settimane che avevo trascorso al suo fianco, quanti altri simili a lui mi sarei trovato a conoscere, passati gli anni: – la stessa dolcezza, la stessa malinconia, la gioia repentina, insieme al doloroso rapimento per una via da cui non c'è ritorno. Oh, il fascino che costoro emanano, – la giovinezza di Hugo non poteva non esserne stata toccata! Sembrano, essi, graziati da una divinità con la quale intrattengono vitali, incessanti, ma anche inesplicabili rapporti. È il fascino di chi, ora su ora, riesce a sublimare l'esistenza nella bellezza dell'eterno. A raggiungere un simile stato bisogna essere ricchi di un candore supremo. Io non sono da tanto.

Comunque, quel mondo, quella vita, da cui le mie parole erano state conquistate, sparivano adesso alla vista. Ne rimaneva l'alone iridato nella mia immaginazione, un complicato e fiorito libro di magia, la cui ragione di autenticità trovava conferma nei piccoli passi del mio ragionamento.

Ma su cosa potevo ragionare?

Ciò che avevo ricopiato dava conforto alla mia amorosa mania antiquariale. Ma, arrivato a questo punto, cosa fare?

Il proposito è stato: radunare le vecchie carte sparse, stringerle in nuovi legacci e consegnarle alla loro sorte. La loro spessa sostanza – tirata a mano, si dice, – avrebbe potuto risarcirsi della mia violazione.

Amavo un narratore di pazze fantasie romantiche, il quale era riuscito a consolarmi di certa faticosa insonnia che mi affligge. Le sue "visioni", i suoi racconti tagliati d'ombre e di luci rabbrividenti, avevano riempito le mie notti: le avevano medicate.

Ogni medicina, però, contiene una goccia di veleno, e le mie notti erano state in parte avvelenate dagli immaginari aromi celati nelle pagine di quel mio adorato autore.

Il veleno agì dolcemente, come un leggero sonnifero dal quale non mi era facile destarmi.

Intendo dir questo: – che, compiuta la fatica del ricopiare e del ricostruire brandelli di fogli che solo il miracolo del tempo aveva tenuto uniti, il nome di quello scrittore – Gerard! – mi venne alla mente come illuminato da una fatidica folgore. Ricordai a memoria alcuni suoi versi – aveva scritto anche versi, – e li mormorai fra me e me:

La conosci tu, o Dafne, quella canzone antica,
ai piedi del sicomoro, o sotto i lauri bianchi,
sotto l'olivo, il mirto, o i salici tremanti,
canzone che sempre ricomincia
ed è d'amore amica?...

Il mio lavoro di copista poteva essergli dedicato come a devozione. E così feci: scrissi le iniziali del suo nome in capo ai fogli, e vi aggiunsi un altro suo verso,

Je pense à toi, Myrtho, divine enchanteresse.

Avevo scavato in lui una particola di femminilità? Che importava il sesso reale, a quel punto...

C'est dans ta coupe aussi que j'avais bu l'ivresse.

Da queste piccole cerimonie, forse inconsciamente propiziatrici, guadagnavo una qualche delizia. In fondo non riuscivo a staccarmi dal lavoro compiuto, o a dirgli addio.

Ora che avevo ricompitato fatti di una vita perduta, e il loro profumo, in qualche modo, aveva invaso la mia sensibilità, il colpo di fulmine, l'amoroso inebriamento di cui ero stato preda, e che mi aveva spinto al furto persino, pensavo avrebbe potuto dirsi soddisfatto.

Invece, nel mio cuore le cose non andavano così.

Un sentimento di indifferenza e di amara malinconia mi prostrava. Avevo fogli ancora bianchi sul mio scrittoio. Cominciai a tracciarvi sottili righe di inchiostro, un reticolato di righe. Capivo che non ero libero del tutto da un'ossessione. E l'ossessione, infine, qual era?

Più che un'ossessione, era certo la pena che l'obbligo abbracciato si fosse concluso, per cui, ormai, nessuna lusinghiera prospettiva mi si parava davanti. Dovevo escogitare qualcosa di simile. Probabilmente tornare ai credenzoni dell'Archivio Capitolino, frugarvi dentro, scovarvi altro, – magari rubare.

L'indifferenza, la malinconia, a questa semplicissima idea, fuggirono dal mio cuore. Prendevo coraggio per un nuovo audace tentativo. Mi sembrava di dover forzare una due tre porte mistiche, armato di tutta la mia volontà. La chimera seducente – la chimera antiquaria – tornava a fissarmi, tanto da sentirmene insieme dominato e agitato.

Pensai fosse bene tornare all'Archivio portando con me il fascicolo appena copiato, per una sorta di scambio, come accade con le biblioteche in abbonamento, dove la restituzione di un volume consente un nuovo prestito.

Sì, rubavo, ma rubavo in prestito. Ciò mi assolveva, infantilmente pensai, da ogni rischio.

Dunque, mi proposi di raccogliere l'antico fascicolo, conservarlo in una busta e uscire. Era tarda mattinata, e l'ora mi permetteva il viaggio fino all'Archivio.

Misi da parte le mie carte, le racchiusi in una cartellina, e mi voltai a raccogliere quelle da restituire o furtivamente da sistemare di nuovo fra i ternioni che le avevano nascoste.

La sconcertante scoperta fu che il fascicolo, sul mio tavolo, non c'era. Né c'era traccia che vi fosse mai stato.

Lo ricordavo – lo vedevo, per Dio! – di formato non piccolo, di volume non trascurabile. Ero stato costretto a fargli ampio posto fra i miei libri. Anzi, alcuni di loro li avevo sistemati altrove, fuori del piano della scrivania, proprio per consentirmi una discreta comodità di gesti...

Niente, invece, pareva esser stato mai mosso dal proprio posto. I libri, il vaso con le matite, la vaschetta per la penna e le gomme da cancellare, la scatola di cartone per le spille, e il fermacarte di cristallo dentro la cui acqua nuota una vellutata *pensée*: tutto era là.

Credetti di aver compiuto un qualche automatico gesto. Può accadere che si pensi ad una azione, e nel pensare, quasi in *trance*, eccoci compiere quella azione senza che la superficie cosciente della nostra sensibilità se ne accorga. Sono i tranelli dove il cuore del nostro cuore ci fa cadere per avvertirci del proprio potere o della propria costanza.

Mi guardai intorno, ma non vidi segno del fascicolo. Fu facile frugare in ogni angolo della stanza: – la stanza è spoglia e piccola. Lo scaffale dei libri fu facile controllarlo: non offre spazio a nascondigli. Così il letto dove dormivo, o il cassetto della scrivania. Non trovai niente.

Avevo concluso il lavoro di decifrazione e copiatura e quel mattino non mi ero mosso di là. Ricordavo di aver lavorato fino a notte inoltrata, di aver dormito, di essermi svegliato e di aver proseguito con lena: – la conclusione era vicina e ardevo di toccarla. L'avevo infatti toccata. E poi?

Andai a gettarmi sul materasso ancora disfatto. Il mio corpo premeva sull'impronta che aveva lasciato nella notte.

Andai a premervi per un istinto di cui non seppi lì per lì darmi ragione. Avevo perduto irrimediabilmente quelle carte preziose?

Ero sconvolto di inquietudine, di rabbia. Avevo compiuto un gesto che era sfuggito al dominio della mia consapevolezza: – ne cercavo affannosamente la traccia, una traccia debolissima, una pallida reminiscenza. Niente: – tutto era quanto mai oscuro. In luce, allo splendore del sole, c'era il mio aver scritto: null'altro.

Ecco: avevo scritto. Mi sentivo abbracciare dalla lenta follia della sconsolatezza. Quasi a liberarmene, tornavo a premere col corpo sull'impronta notturna del mio stesso corpo.

Mi dicevo: quelle carte sono state mie, anche se per un puro accidente; e ogni cosa che è stata nostra, per accidente di convivenza o visione, appunto perché è stata nostra, diventa noi stessi. Quelle carte, perciò, si sono impalpabilmente disciolte nelle sensazioni della mia carne e della mia vita. Ma che cosa saranno mai, se, giunto io al punto di concludere il mio rapporto con esse, sono sparite?

Inghiottite, come mi era lampante fossero state inghiottite, dal nulla, non erano in sé, forse, un nulla?

I sentimenti che dolgono di più al nostro cuore sono i sentimenti assurdi. Era un assurdo che quelle carte fossero un nulla, – che fossero, cioè, un nulla invisibile intorno al quale la mia mente, le mie passioni si erano a lungo intrattenute. Questa assurdità mi doleva in modo atroce. D'altra parte non potevo che accettarla.

Le carte erano scomparse. Erano forse, mai esistite?

Ricordai l'aria incredula, interrogativa del custode dell'Archivio, quando gli dissi che un pacchetto di carte era sparito dal credenzone. – «Che pacchetto? Non so.» E con la sua aria di topo voleva dirmi che parlavo di pure fantasie.

Fu il mio letto, vero abitacolo del nulla che sono i sogni, a suggerirmi, a ispirarmi una pace consolante. Il mio corpo, freddo di rabbia, cercava nelle lenzuola un qualche calore: ma il mattino aveva disperso il calore che la notte vi aveva accumulato.

Mi addormentai. O, meglio, abbandonai fortunosamente il modesto involucro del mio io quotidiano, e riuscii a spaziare con lo sguardo oltre la nebbia che la vita, pure vissuta da noi con tanta alacrità, ci spande attorno.

A quel punto, vidi: o sognai. Sognai l'innamoramento di vecchie carte, sognai certe appassionate letture, sognai me stesso che sfogliava il fatidico fascicolo e quindi lo rubava, passava trepidante innanzi all'usciere dell'Archivio e, ai propri stessi occhi – i miei stessi occhi, – si faceva bello – mi facevo bello, – del proprio – del mio – medesimo ardire.

Ancora: sognavo di copiare, – e finalmente capivo. Avevo capito: – capivo di sognare. Tutto non era stato che un sogno, un sogno sognato sull'impervio spartiacque che divide la fantasia e la verità. Le antiche carte non erano mai esistite.

Di là da quel lucido sogno vidi avanzare l'ala bruna di più gravi incertezze. Non solo avevo sognato Hugo e Sua Grazia, don Marcello e l'Angeletta, ma avevo sognato le stesse carte che li racchiudevano, e il lavoro che avevo pensato compiere su esse.

Mi destai di colpo: balzai sul materasso, travolto da un altro terrore. Ero stato nuovamente messo alla prova: – ma le mie carte, quelle scritte di mio pugno, erano là, sul piano della scrivania, accatastate in bell'ordine. Esse, il loro inchiostro, non erano un sogno: esistevano. Potevo dire che erano una parte, anche non trascurabile, della mia vita. Il sogno compiuto era diventato realmente parte di me.

Oh, come mi furono chiare – chiare nella complessità del destino che racchiudevano – le parole di un grande da me venerato, venerato a tal punto che non oso pronunciarne il nome, poiché vasto è l'abisso che mi separa da lui. Egli aveva scritto che lavoriamo nelle tenebre, facciamo quel che possiamo, diamo quel che abbiamo. Il nostro dubbio è la nostra passione e la nostra passione è il nostro dovere. Il resto è la follia dell'arte.

8 marzo 1980

«La principessa e l'antiquario»
di Enzo Siciliano
Oscar Scrittori del Novecento
Arnoldo Mondadori Editore S.p.A.

Questo volume è stato stampato
presso Arnoldo Mondadori Editore S.p.A.
Stabilimento Nuova Stampa – Cles (TN)
Stampato in Italia – Printed in Italy